이혼 시뮬레이션

언제
/
어떻게 시작해서
/
누가 마무리지을 것인가?

이혼 시뮬레이션

조혜정 지음

"
모의실험 해보고
결정해도 늦지 않아요
"

나무
발전소

행복한 관계,
연습이 필요합니다

"제가 이런 데 와서 상담을 할 거라고는 꿈에도 생각 안 했어요."

가정문제로 법률상담을 하러 오신 분들이 공통적으로 하는 말이다. 결혼할 때는 누구나 행복할 거라는 환상을 가지니까. 불행한 결혼생활에 대해서 막연히 걱정을 할 수도 있지만, 누구나 '나는 예외'일 거라고 생각한다. '나만은 불행이 비켜갈 것'이라고 믿는다.

만약 부모의 결혼이 불행했으면 그 자녀들은 부모가 가진 문제와는 반대 속성을 가진 배우자를 선택하는 경향이 있다. 자기가 아는 결혼생활의 문제를 반대 성향을 가진 사람을 만나면 피할 수 있을 것이라고 생각하기 때문이다. 하지만 그런 예상이 들어맞지 않는 경우가 허다하다. 이혼상담을 하러 온 사람들은 '남편 잘못 만나서, 아내 잘못 만나서 내 인생 망쳤다.', '저런 남편을, 저런 아내를 만나지 않았더라면 이혼하지 않았을 것'이라면서 배우자 선택을 잘못한 자기 자신이나 부모의 어리석음을 원망하고 한탄한다.

과연 다른 사람을 만났더라면 문제없이 행복하게 살 수 있었을까? 오랜 세월 이혼소송을 하면서 알게 된 사실은 이혼에는 헤아릴 수 없이 다양한 원인이 존재한다는 것이다. 흔히 이혼 이유라고 생각하는 외도, 폭력, 경제적인 무능력은 누구나 그럴 만하다고 인정할 수 있는 대표적인 사례에 불과하다. 이런 문제점들을 피했다고 안전지대에 들어가진 않는다. 여우를 피했는데 호랑이를 만나는 경우가 비일비재하다.

아빠의 외도로 부모가 이혼한 딸은 결혼상대로 절대 외도를 하지 않을 것 같은, 성실해 보이는 사람을 선택한다. 그런데 살아보니 그 사람은 바람은 안 피우지만 경제적으로 무능하다. 이것도 외도만큼 견디기 힘들다. 몇 년은 어찌 버텨보지만 도저히 참을 수 없어서 이혼을 결심한다. 한편 무능한 아버지를 원망하면서 자랐던 딸은 학벌 좋고 돈 잘 버는 남편을 선택해서 결혼한다. 하지만 능력 있는 이 남편, 살아보니 수전노에다가 자기 능력을 믿고 처가와 아내를 대놓고 멸시한다. 능력 있는 남자를 만나면 내 인생이 필 줄 알았는데 그게 아니라는 사실을 깨닫는다. 또 이런 경우가 있다. 능력 있고, 성실하고, 퇴근하면 술도 안 먹고 집에 오는, 남들이 보면 모범남편인데 집에 오면 통 말을 하지 않는다. 알고 보니 우울증과 편집증, 인간관계 자체를 부담스러워하는 회피형 인간이다. 또 다른 경우도 있다. 만난 지 며칠 만에 결혼하자며 매일 집 앞에 와서 기다리는 남자, 나를 이렇게 사랑해 주는 사람과 결혼하면 행복할 것 같다. 결혼해 보니 집착이 지나쳐 일일이 간섭하고 자기 맘대로 안 되면 때리기 시작한다. 갈수록 폭행이 심해져 결국 이혼에 이른다.

사실 어디 결혼만 그런가. 인생 자체가 그렇다. 인생은 우리가 험한 길을 피해서 다른 길로 가면 그 길에 또 함정을 파놓고 기다린다. 그 길을 가다 함정에 빠진 사람들은 '다른 길로 갔더라면, 그때 이런 선택을 하지 않았더라면 이 함정에 안 빠졌을 것'이라면서 한탄한다. 하지만 21년간 변호사로 일하면서 숱한 사람들의 인생을 옆에서 지켜보고 내린 결론은 함정은 거의 모든 길에 있더라는 것. 우리는 자신이 선택한 길만 갈 수 있을 뿐, 다른 사람의 길을 가보지 못하기 때문에 다른 사람들이 간 길에는 함정이 없다고 생각할 뿐이다. 함정이 없는 길을 가는 사람들은 별로 없다. 거의 모든 사람들이 함정에 빠질 위험에 노출되어 있다.

이렇게 얘기하면 불행해질까 무서우니 결혼을 안 하겠다는 대답이 나오기 십상이다. 요즘 세대들은 그런 경향이 짙다. 그 생각도 일리가 있고 이해가 가기도 한다.

그러나 지천명을 넘겨보니 행복은 결국 사람, 인간 간의 관계에서 오는 게 아닌가 싶다. 아무리 좋은 물질적인 만족이나 쾌락도 그 즐거움이 지속되려면 같이 나눌 사람이 있어야 한다. 그러니 인간관계가 주는 위험이 무서워 도망가 버리면 삶이 주는 행복을 대부분 포기하는 것과 같다. 행복해지려면 위험이 있다고 무조건 피하지 말고 그 위험이 무엇인지 알고 위험을 관리할 방법을 찾는 것이 맞는 방향이지 않을까? 교통사고가 늘 일어난다고 자동차 운전을 안 하는 게 아니라 사고에 대비해서 보험을 들지 않는가. 마찬가지로 내 가정, 내 가족에게 일어날 수 있는 문제에 대해서 알아두고 위험을 관리한다는 자세를 가질 필요가 있다.

가정에서 일어날 수 있는 법률문제를 중심으로 '조혜정 변호사의 사랑과 전쟁', '조혜정 변호사의 가정상담소'라는 제목으로 신문에 연재한 칼럼들과 16년째 가사사건 전문변호사로 일하면서 느낀 결혼과 이혼, 가족, 남녀관계, 결국 사람과 인생에 대한 생각들을 정리한 원고들을 모아서 책으로 묶어보았다.

칼럼 내용은 변호사로 일하면서 받았던 질문들에 대한 답변이다. 가능한 법률용어를 쓰지 않고 법률과 친하지 않은 분들도 편하게 읽을 수 있도록 하는 데 중점을 두었다. 그러다 보니 법률적으로 논쟁이 있을 수 있는 부분이 많이 생략되었다. 법률전문가들이 보기에는 미흡하다는 점에 대해 양해를 구한다.

법률적인 답변으로 그치지 않고 인생 선배로서의 조언도 조금씩 담으려고 했다. 16년째 가정사건을 다루다 보니 남들에게는 말 못 하는 인생과 가정의 얘기를 많이 듣게 되었다. 일상의 업무가 의뢰인들의 인생 이야기를 듣는 일이라 자연스럽게 다른 직업군보다 어떻게 해야 잘 사는 것인가에 대해 더 생각하고 고민할 시간이 많았고, 깨달은 것도 많았다.

그런 고민의 시간을 보내면서 상담을 요청한 분들이나 의뢰인들에게 틀에 박힌 답변을 하지 않으려고 노력해 왔다. 이혼은 당사자와 그 가족의 인생에서 아주 중요한 사건이고, 언제 어떻게 시작해서 어떻게 마무리짓느냐에 따라 이후 인생에 영향을 미치기 때문에 섬세하게 접근해야 한다. 이런 점을 잘 알고 있기에 상담자의 구체적인 상황에 맞춰 가장 적절한 해결책을 제시해야 한다는 것이 나의 생각이다. 변호사로서의 의견과 인생 선배로서의 조언 두 측

면에서 말이다. 때로는 소송을 해달라는 분들에게 소송은 방법이
아니라거나 지금은 때가 아니라고 말리기도 하고, 가끔은 상담가나
정신과 의사의 역할을 맡기도 한다.

지난 20여 년간 나름의 기준과 원칙을 가지고 인생의 전환점에
서 있는 분들과 함께 그 고비를 넘어왔고 그분들이 행복해지는 데
조금이나마 기여했다고 자부한다. 그런 세월의 결과물이 이 책에
실린 사례들이다. 시간이 긴 만큼 사례도 다양하다. 지금 불행한 결
혼과 병든 가정으로 힘들어하고 있다면 이 책에 수록된 여러 사례
중 자신의 얘기를 만날 수도 있을 것이다. 그간 칼럼을 보고 '내 얘
기인 것 같다', '정말 마음에 와 닿았다'라는 분들이 적지 않았다. 자
신의 경우에 꼭 들어맞는 사례를 찾지 못한다 해도 다양한 사례와
그에 대한 해결책을 읽다 보면 자신의 문제를 해결하는 단초가 떠
오를 수도 있을 것이다. 이 책이 고통과 고민에 휩싸여 있는 분들에
게 쓸모 있는 가이드가 되길 기원한다.

2020년 7월
조혜정

contents

part two
....
애정은 사라져도 의무는 남는 '부부의 세계'

part three

아무리 가족이라도 이건 너무 불공평해요

part four

헤어질 때는 돈으로 '환가' 됩니다

part one

혼인신고라는 게
얼마나 중요한지 모르셨군요

결혼하려면
재산분할 포기각서 쓰라는
남친 부모

☐ Yes
☑ No
☐ Hold

#혼전계약 # 민법 제829조 # 약정 효력

Q 사귄 지 6개월 정도 되는 남자친구와 얼마 전 결혼하기로 하고 결혼준비를 하고 있는 중인데, 이 결혼을 하는 게 맞는 건지 고민이 많이 되어요.

이 사람과 꼭 결혼을 해야겠다는 생각은 없었고 좀 사귀어보자는 생각으로 몇 번 만났는데 남자친구는 제가 좋다면서 결혼하자고 하더라고요. 성격도 그만하면 무난해 보이고 직장과 집안도 괜찮아서 결혼상대로는 좋아 보였습니다. 결혼하면 부모님이 신혼집으로 아파트를 사주신다고 한 것도 마음에 드는 조건 중 하나였고요.

그런데 문제는 남자친구의 부모님이 결혼도 하기 전에 자꾸 저한테 이런저런 각서를 쓰라고 하신다는 거예요. 처음 인사드리러

갔을 때 남자친구의 부모님은 저를 별로 탐탁치 않게 여기시는 것 같았지만 결혼을 반대하시진 않았습니다. 남자친구의 부모님이 저희가 살 집을 장만해 주신다고 해서 감사하게 생각했는데, 어느 날 집으로 오라고 하시더니 아파트 구매자금을 저와 남친이 빌린다는 차용증을 만들어놓고 저한테 사인을 하라는 거예요. 너무나 기가 막혀서 사인 못 하겠다고 하고 돌아왔습니다. 그랬더니 이번에는 '이혼시 재산분할청구권을 포기한다'는 각서를 써놓고 사인하라고 하시네요.

남자친구는 이런 부모님을 강하게 말리지는 못하고 일단 부모님이 시키는 대로 각서를 써드리고 결혼하자고 합니다. 결혼해서 아이를 낳고 나면 부모님 마음이 바뀔 거라고요. 만약 재산분할을 포기한다는 각서를 쓰면 이혼시 정말로 재산분할을 못 받게 되는 건가요? 지금이라도 다 그만두고 싶은데 결혼날짜까지 받아놓은 상황이라 이러지도 저러지도 못하고 있습니다.

A 결혼 전부터 재산분할 포기각서를 쓰라고 하시다니 남자친구의 부모님이 좀 특이하시긴 하네요. 그렇다고 섣불리 결혼 못 한다고 박차고 나올 수도 없는 노릇이니 마음의 갈등이 심하시겠어요.

우리 정서에는 아직까지 결혼하면서 이혼할 경우를 대비해서 재산분배를 정하는 것이 낯설긴 하지요. 하지만 냉정하게 말씀드리면 아들 결혼시키는 부모님들은 대개 내심으로는 남자친구의 부모님 같은 걱정을 하는 건 사실이에요. 이혼이 드물지 않은 시대인 데다가 장가보내면서 집 마련해 주는 자금이 보통 몇 억씩 드니 걱정될 만도 하지요.

신랑 부모님 입장에서야 아들 집 장만해 주려고 평생 힘들여 모은 목돈을 내줬더니 별로 한 일도 없는 며느리가 이혼하면서 가져가 버릴까봐 염려하시는 것(그분들 입장에서 보면), 아주 이해 못 할 일은 아니지 않나요? 결혼은 생활이고 현실이니까요. 대부분 마음속으로만 걱정하는데, 남친의 부모님은 그 걱정을 겉으로 표현한다는 것이 다를 뿐이지요.

한때 인기있었던 미국 드라마 〈섹스앤더시티〉에 보면 여자주인공 중 한 명이 결혼 전 혼전계약(prenuptial agreement)을 하면서 변호사 친구의 조언을 받아 이혼시 위자료 액수를 올리는 장면이 나옵니다. 사실은 이런 혼전계약이 우리나라에서도 법적으로는 충분히 가능합니다. 우리 민법에 보면 부부가 혼인 전에 혼인 중의 재산에 대해서 자유롭게 약정을 맺을 수 있고, 이 약정을 등기소의 '부부재산계약등기부'에 등재하면 제3자에게도 대항할 수 있게 되어 있거든요(민법 제829조).

결혼 전에 한 부부재산계약이 유효하다고 하니 선생님이 '이혼 시 재산분할청구권을 포기한다'는 각서를 쓰고 결혼하면 선생님은 정말로 재산분할을 못 받게 되는 걸까요? 그렇게 볼 여지도 있어 보이는데 우리 법원은 그건 아니라고 하네요. 재혼부부의 이혼사건을 다룬 판례에서 재혼부부가 결혼 전에 '이혼 시 재산분할청구를 하지 않는다'는 약속을 했다 하더라도 그 약정은 무효이고 재산분할을 해줘야 한다고 했거든요.

결혼 전에 한 부부재산약정은 유효하다고 하면서 '재산분할청구권을 포기한다'는 약정은 무효라니 이건 뭔가 모순되지 않나 생각하실 수 있는데요. 우리 법에서 재산분할청구권은 이혼 시에 비로소 발생한다고 보기 때문이에요. 결혼 전에는 재산분할청구권이 아직 발생조차 안 한 것이거든요. 권리가 있어야 포기하지, 없는 권리를 어떻게 포기하느냐는 취지에서 그런 판결이 나온 거예요.

결론적으로 남자친구의 부모님이 원하는 각서가 '이혼 시 재산분할청구권을 포기한다'는 단순한 문구라면 이 각서는 무효니까 써주셔도 이혼시 재산분할을 받을 수 있습니다. 아직까지 우리나라에서 부부재산약정을 하는 사례가 별로 없고 판결을 받은 사례도 거의 없어서 앞으로 법원의 입장이 달라질 가능성은 있지만, 적어도 현재까지는 재산분할을 받을 수 있을 듯합니다.

그러니 남자친구의 부모님이 쓰라는 각서만 빼고 남친의 다른 점이 다 좋다면 어차피 무효일 각서 써주시고 결혼을 하셔도 될 듯합니다. 하지만 각서 자체보다 더 큰 문제는 결혼 전부터 이혼시 재산분할을 문서로 작성하려는 남다른(?) 남자친구의 부모님이 결혼 후 며느리를 어떻게 대할지가 아닐까요? 각서의 효력보다 훨씬 더 어려운 이 부분에 대한 심사숙고는 선생님의 몫이에요.

경솔했던 혼인신고,
무효는 안 되나요?

☐ Yes
☑ No
☐ Hold

법률혼주의 # 혼인무효판결

Q 25세의 여성입니다. 바보 같았던 제 행동을 후회하면서 질문을 드립니다. 1년 전 저는 6개월 정도 사귄 남자친구와 혼인신고를 했습니다. 당시 저와 남자친구는 결혼하기로 약속하고 양가 부모님의 허락을 받으려고 했는데, 저희 부모님께서 남자친구와의 결혼을 강하게 반대하셨습니다. 저와 남자친구는 저희 부모님의 반대를 무릅쓰고라도 꼭 결혼하자고 굳게 다짐하고 혼인신고를 먼저 했습니다. 그때만 해도 사랑만 있으면 모든 것을 극복할 수 있을 줄 알았습니다.

그런데 몇 달이 가도 저희 부모님의 반대의사가 꺾이지 않아 저희는 점차 지쳐갔습니다. 작은 일에도 자주 다투었고, 혼인신고를 할 때까지만 해도 보이지 않던 상대방의 결점들이 눈에 띄기 시작했습니다. 시간이 흐르면서 저와 남자친구는 우리가 결혼해서 살기에는 잘 안 맞는다는 사실을 깨달았고 얼마 전에 헤어지기로 했습니다.

그러고 나니 경솔하게 해버린 혼인신고를 어찌해야 할지 고민입니다. 남자친구는 자기가 일방적으로 혼인신고를 한 것이라고 해줄 테니 저한테 혼인무효판결을 받아서 혼인신고 기록을 지우라고 합니다. 그렇게 하면 혼인신고가 무효가 될 수 있을까요? 혼인신고만 했지 결혼식도 안 올렸고 같이 살아본 적도 없는데 졸지에 이혼녀가 될까봐 걱정이에요. 왜 그리 어리석은 짓을 했는지 제 자신이 정말 밉고 암담한 미래가 두렵습니다.

A 그렇게 철없는 행동을 하시다니, 혼인신고라는 게 얼마나 중요한 건지 모르셨군요. 가끔 비슷한 고민을 상담하시는 분들이 있는데 정말 안타깝지만 선생님의 경우에 혼인신고를 무효로 할 수는 없을 것 같습니다.

선생님처럼 동거한 적 없이 혼인신고만 한 경우나 결혼한 지 얼마 안 되어 결혼이 파탄난 경우 누구나 한번쯤 혼인신고를 무효로 돌릴 수 없을까 하는 생각을 하곤 한답니다. 미래를 생각하면 이혼보다는 혼인무효가 낫지 않을까 하는 것이지요. 얼핏 생각하면 혼인무효소송을 걸어서 한쪽이 일방적으로 혼인신고를 했다고 말을 맞추면 될 것 같지만, 실제로는 그렇게 간단한 일이 아닙니다. 법원이 혼인무효를 그리 만만하게 인정해 주지 않기 때문입니다.

혼인신고의 효력 자체를 부정하는 혼인무효소송이나 혼인취소소송의 경우에는 법원이 매우 엄격하게 요건충족 여부를 따집니다. 우리나라는 혼인신고를 하면 혼인이 성립하는 '법률혼주의'라서 일단 혼인신고가 적법한 절차를 밟아 이루어진 경우에는 유효한 혼인합의가 있었다고 추정합니다. 이 추정을 깨야 혼인무효판결을 받을 수 있는데, 우리 법원의 태도는 혼인무효를 주장하는 사람은 누구나 납득할 수 있는 충분한 증거에 의해 이 추정을 뒤집어야 한다는 것이죠.

즉 재판진행 과정에서 일방적으로 혼인신고를 했다는 원고의 주장을 피고가 모두 인정한다고 해도 그것만으로는 충분치 않습니다. 혼인신고 당시 혼인의사가 없었다는 점에 대해서 객관적인 증거가 필요합니다. 통상적으로 나한테는 혼인의사가 없는데 상대방이 일방적으로 혼인신고를 했다는 이유로 상대방을 사문서 위조죄 혹은 공정증서원본부실기재죄(공무원에게 허위신고를 해서 부동산등기부, 가족 관계등록부 등 권리의무를 증명하는 공정증서에 부실한 사실을 기재하게 한 죄)로 형사고발을 해서 형사처벌을 받을 정도의 강력한 증거가 있어야 혼인무효가 인정됩니다.

선생님의 질문내용을 보면 실제로는 일방적으로 혼인신고를 한 것이 아니라서 남자친구에 대한 형사고소를 할 수는 없을 것 같네요. 형사고소하면 수사과정에서 혼인신고를 누가 어떻게 했는지, 혼인신고서 기재는 어떻게 되어 있는지 조사할 텐데 대충 꾸며대는 정도로는 이 조사과정을 무사히 통과하기는 어려울 듯합니다.

매우 유감스럽지만 혼인신고를 무효로 돌릴 수는 없으니 이혼절차를 밟아야 한다고 말씀드릴 수밖에 없네요. 지금 당장은 하늘이 무너지는 것 같겠지만, 기왕 벌어진 일이니 이러한 상황을 빨리 수용하고 생각을 털어버리는 게 유일한 방법입니다. 이럴 때는 '이것 또한 지나가리라'를 되뇌면서 그날 하루를 살아내는 데 집중하는 것이 최선이더라고요. 그러다 보면 시간이 흐르고 지금 하는 걱정은 모두 잊혀질 거예요. 내일은 내일의 태양이 뜨니까요.

한 집에서 각방 쓰는 결혼생활, 그만 끝내고 싶어요

☑ Yes
☐ No
☐ Hold

\# 새로운 인간형 \# 협의이혼 \# 조정이혼

Q. 무의미한 결혼생활을 계속해야 하는지 너무나 고민되어 질문드려요. 제 나이는 올해 서른일곱. 3년 전 결혼정보 업체를 통해 남편을 만나 결혼했어요. 첫 만남에서 남편은 무난한 사람이란 인상을 줬고 직장과 학벌도 그만하면 괜찮다 싶었어요. 특별한 느낌을 받지는 않았지만, 작은 집을 한 채 갖고 있는 점이 마음에 들었고, 무엇보다 저를 좋다고 하니까 세 번 만나고 결혼 결정을 하고 석 달 만에 결혼식을 올렸어요. 더 고르다가 혼기를 놓치면 안 된다는 부모님과 가족의 압력이 부담스러웠던 것도 사실이고요. 살다 보면 정이 생기겠거니 생각했지요.

그런데 신혼여행을 가서 뭔가 이상하다는 생각이 들었어요. 남편은 첫날밤에도 부부관계를 하지 않았고, 저와는 얘기를 거의 안 했어요. 관광을 하는 중에도 친구들과 계속 카톡을 하고 방에 돌아와서는 태블릿으로 게임을 하면서 시간을 보내더라고요. 저는 처음이라 익숙하지 않은가 보다 하며 이해하려고 했어요. 문제는 그런 남편의 태도는 지금까지 전혀 변하지 않았다는 거예요. 결혼 후 지금까지 부부관계를 한 횟수는 열 번이 안 되는 것 같아요. 제가 아이를 가지려면 이러면 안 되는 것 아니냐고 했더니 자기는 아이를 갖고 싶지 않다고 하더라고요. 그러면 왜 결혼했냐고 물었더니 아이가 꼭 있어야 사는 건 아니지 않냐고 되묻는 거예요. 결혼한 지 1년 좀 넘었을 때 나온 얘기예요.

그후부터 남편이 작은 방에 가서 자기 시작해서 지금까지 각방을 쓰면서 살고 있어요. 남편은 회사일과 모임을 핑계로 매일 늦게 들어오고 주말에도 등산, 사이클 등 취미생활을 하러 나가버려요. 처음에는 제가 아침을 챙겨줬지만, 입맛 없다고 안 먹어서 그것도 그만뒀고, 저녁을 같이 먹는 적도 거의 없어요. 어쩌다 집에 있을 때에는 TV 보고 게임하면서 시간을 보내지 저와는 말 한마디 안 해요. 처음에는 저도 화를 냈는데, 남편은 바꾸겠다는 말만 하고 행동은 전혀 바뀌지 않아 이제는 화낼 기운도 없어요.

저도 안정된 직장에 다니면서 남는 시간에는 사람도 만나고 취미활동도 하면서 나름 바쁘게 살고는 있어요. 요즘은 가끔씩 '내가 왜 이렇게 살고 있나?' 하는 회의가 들고 마음이 공허해요. 결혼해서 아이 낳고 남편과 알콩달콩 사는 친구들이 너무나 부럽고요.

그간 고민을 많이 했는데 아무래도 이혼을 하는 게 맞다 싶어요. 얼마 전 제가 이혼하자 했더니 남편은 자기 집안에 이혼한 사람은 없다며 이혼은 절대 안 한다는 거예요. 저희 부모님은 남자가 나이 들면 바뀐다고 좀더 기다려보라고 하세요. 하지만 저는 한 살이라도 젊었을 때 이혼을 해야 재혼해 아이를 낳을 수 있지 않을까 생각해요. 저는 꼭 아이를 낳고 싶거든요. 이런 상황에서 이혼을 하겠다는 저의 결정이 맞는 걸까요? 그리고 빨리 이혼을 하려면 어떻게 해야 하나요?

A 선생님은 결혼이 필요하지 않은 남자와 결혼하신 거예요. 선생님 남편과 같은 사람은 어른이 되면 당연히 결혼해 아이를 낳아야 한다고 생각했던 우리 부모세대에는 별로 없었던 새로운 인간형인데, 요즘 젊은 사람들 사이에서 드물지 않은 유형이에요. 이런 사람들의 대표적인 특징 가운데 하나가 가족관계를 포함한 친밀한 인간관계에 매우 서툴고 일정 수준 이상의 애정을 부담스러워한다는 것입니다.

일정한 거리를 두는 인간관계, 예컨대 직장, 사교모임, 선후배 등의 관계에서는 잘 처신하고 좋은 사람이라는 평가를 받을 수도 있어요. 하지만, 개인적인 생활을 배우자와 전면적으로 나눠야 하는 결혼생활에 들어가면 어떻게 행동해야 하는지를 잘 모르는 사람이 되어버립니다.

자기 배우자와 생활을 공유하는 것 자체를 싫어하고 그 방법도 모르기 때문에 집에 가면 배우자와 말을 안 하고 혼자 방에 틀어박혀 게임을 하거나 TV를 보면서 친밀한 관계를 회피하고 주말에도 집 밖으로 나가버리는 양상을 보입니다. 제3자가 보기엔 사교성 좋고 활동적이며 자기 일에 대한 열정을 가진 사람이라고 생각할 수도 있지만, 그 사람의 내면에는 친밀한 관계에 대한 두려움이 숨어 있곤 합니다.

그래서 이런 사람들과 결혼한 배우자들은 결혼생활이 무의미하고 공허해서 힘들어합니다. 아이를 낳으면 달라질 것이라 기대하지만, 아이 낳기를 명시적으로 거부하는 경우도 종종 있고 아이를 낳아도 아이에 대해 별 관심이 없는 경우가 많아 상황이 달라지지 않을 수 있습니다. 한마디로 말하면 '애정중추'에 이상이 있거나 마비된 사람들이라고 할 수 있어요.

문제는 유전, 기질, 가족사, 개인사 등 복합적인 요인이 오랜 세월 상호작용해 개인의 성향을 형성하기 때문에 그런 성향을 바꾸기는 사실상 불가능하다는 점입니다. 그래서 저는 3년간 기다린 끝에 이혼하기로 결심한 선생님의 결론이 맞을 거라고 생각합니다. 3년이면 한 사람을 어느 정도 파악하는 데 충분한 시간이거든요. 좀 더 참아보라는 부모님의 의견은 어디까지나 사정을 잘 모르는 제3자의 생각일 뿐이니까 자신의 생각을 따르는 게 맞다고 봅니다.

빠른 정리를 원한다면 협의이혼보다는 가정법원의 조정이혼 절차를 고려하길 바랍니다. 조정이혼은 가정법원에 조정이혼신청서를 접수한 후 지정된 조정기일에 양 당사자가 출석해서 가정법원의 조정위원들과 함께 이혼 여부와 조건을 의논해 당사자간 합의를 이끌어내는 제도입니다. 합의가 이뤄지면 그 내용을 조정조서에 기재하는데 이 조서는 확정판결과 같은 효력이 있습니다.

보통 조정이혼신청서를 접수하면 두어 달 안에 절차가 마무리되기 때문에 신속하고 양 당사자간 합의를 목표로 하기 때문에 이혼소송과 같이 극한적인 대립을 하지 않습니다. 또한 법원이라는 권위 있는 기관이 중재하기 때문에 상대방의 변덕에 휘둘리지 않을 수 있는 등의 장점이 있습니다. 제 경험으로는 부부관계가 이미 파탄에 이른 상황에서 위자료와 재산분할, 양육권 등에서 대립이 없는데 한쪽 당사자가 별다른 이유 없이 혹은 체면상의 이유로 이혼을 거부하는 경우에는 조정이혼으로 하면 거의 예외 없이 신속하게 정리할 수 있습니다.

조정이혼으로 희망이 없는 현재의 혼인관계를 정리하고 결혼관이 같은 배우자를 만나 행복하길 빕니다.

처가로 이사한 후
제 가정은 없어진 느낌입니다

☐ Yes
☐ No
☑ Hold

#공통분모 찾기 #원가족 #애정독립선언

Q. 처가 소유 빌라에 살다가 아내와 저희 부모님, 저와 장인 장모님 간의 관계가 너무 힘들어서 3개월 전 집을 나왔습니다.

저는 8년 전 결혼해서 지금은 7살, 3살 두 아이의 아빠입니다. 결혼할 때부터 저희 부모님은 처를 마땅치 않게 생각하셨습니다. 제가 변리사시험에 합격한 상태에서 아내를 소개받아 결혼했는데, 아내는 저희 부모님이 기대하는 조건에 미치지 못했습니다. 아들이 변리사 자격을 딴 만큼 저희 부모님은 며느리감에 대한 기대가 컸는데 아내는 평범한 집안의 딸이었거든요. 결혼준비하면서 집 마련과 혼수, 예물을 둘러싸고 갈등이 많았지만, 우여곡절 끝에 부모님의 허락을 받아 간신히 결혼했습니다.

　결혼하면 당신들의 기대를 포기할 줄 알았는데 결혼 후에도 아내에 대한 부모님의 시선은 차가웠습니다. 신혼시절 주말에 부모님 댁에 가면 사소한 트집을 잡아 '며느리 잘못 들어왔다'며 아내에게 독한 말을 퍼부으셔서 아내가 눈물을 흘렸던 적이 수없이 많습니다. 처음에는 저도 아내와 저희 부모님 사이를 중재해 보려고 노력했지만 이내 그것이 상황을 더 악화시킨다는 걸 깨닫고 포기한 지 오래입니다. 마침내 아내는 2년 전 시댁에 발길을 끊겠다고 선언했고 저희 부모님과 접촉을 하지 않습니다. 저는 아내의 그런 심정이 이해됐기 때문에 굳이 말리지 않았습니다.

　그런데 문제는 처와 부모님이 의절한 상황에서 저는 사위 노릇을 해야 한다는 점입니다. 저희 부부는 둘째를 낳기 전 장인 소유의 빌라로 이사를 했습니다. 몸이 약한 아내가 아이 둘을 키울 자신이 없다고 해서 장모님의 도움을 받아야 했기 때문입니다. 이사한 후부터 아내는 아예 집에서 밥을 하지 않고 모든 식사를 4층에 있는 처가에서 해결하고 아이들을 데리고 처가에서 살다시피 합니다. 제가 퇴근하면 처가에서 처가식구들과 같이 저녁을 먹고 주말에도 장인 장모와 외식을 합니다. 아이들 기르는 문제도 아내와 장모님이 상의해서 결정하고 제 의견은 묻지 않습니다. 한마디로 처가 건물로 이사한 후 제 가정이 없어진 느낌입니다.

그래도 저는 아내와 아이들이 먼저라고 생각해 처가의 행사와 모임에 모두 참석하고 사위 노릇을 해왔는데, 아내는 저희 부모님과의 관계를 개선할 생각이 전혀 없고 장인장모도 그런 아내 편입니다. 얼마 전 제가 아내에게 이제 좀 시간이 지났으니 우리 부모님과 화해를 해야 하지 않겠냐고 했더니 아내는 한동안 말을 하지 않다가 "이혼하자"고 하더군요. 그 말을 들은 후 너무 화가 나서 3개월 전 집을 나와서 혼자 지내고 있는데 아직까지 아내는 연락 한 번 하지 않습니다.

아내가 저희 부모님과 화해할 생각이 없다면 저도 이렇게 비정상적인 결혼생활을 계속할 수는 없을 것 같은데 아이들 때문에 고민이네요. 아내의 말대로 이혼을 하는 게 맞을까요? 이혼하자니 아이들이 걸리고, 집에 돌아가자니 부모님을 배신하는 것 같아 생각이 늘 바뀝니다. 이혼을 피하고는 싶은데 길이 안 보이네요.

A 참 힘드시겠어요. 부모님, 아내, 장인장모 모두 선생님께 소중한 가족들인데, 그 가족들이 심하게 반목하면서 중간에 낀 선생님의 마음고생에는 관심이 없네요. 육아에 처가의 도

움을 받는 가정이 늘어나면서 며느리의 시집살이 못지 않은 처가살이의 고통을 호소하는 사위들이 드물지 않습니다. 선생님은 그 중의 한 분인데 아내와 본가 부모님이 의절한 상황까지 겹쳤으니 몇 배로 더 힘드실 겁니다.

한마디로 말씀드리면 현재 선생님이 처한 상황에서는 그 누구에게도 정답은 없습니다. 그러니 더이상 '어떻게 해야 맞는 건지?'라는 식의 '당위'를 찾으려고 노력하거나 상대방에게 당위를 강요하지 마세요. 물론 아내와 선생님의 부모님이 화해하고 선생님이 가족이 있는 집으로 돌아가는 것이 가장 이상적인 해답이지만, 그게 되지 않는다고 해서 곧 이혼을 해야 할 필요는 없습니다.

배우자의 부모님과 사이가 좋지 않은 상황에서 결혼생활을 오래 유지하는 부부들을 저는 아주 많이 봐왔습니다. 결혼 초기 자기 부모님과의 정신적인 유대감이 강하기 때문에 큰 문제로 인식되지만, 시간이 흐르면서 유대감의 중심이 자기 배우자와 아이들에게 옮겨가기 때문에 부모님과의 갈등이 덜 중요하게 느껴지는 경향이 있는 것 같습니다. 결혼생활 햇수로 보아 선생님은 과도기에 있는 걸로 보이네요.

'결혼생활은 이래야 한다'는 고정관념을 버리고 선생님과 아내가 자신이 참을 수 있는 것은 뭐고 참을 수 없는 것은 뭔지를 잘 생각하신 후 거기서부터 공통분모를 찾는 방향으로 노력하셔야 합니다. 그러려면 먼저 선생님과 아내가 상대방에게 영향을 받지 않는 상태에서 자기 자신을 이해하고 포기할 수 있는 것과 없는 것에 대한 생각을 정리할 시간이 필요합니다.

홧김에 시작한 별거이긴 하지만 각자 생각할 시간을 가질 수 있다는 점에서는 긍정적입니다. 지금 괴롭다고 자신의 생각이 정리되지 않은 상태에서 섣불리 다시 처가로 돌아가는 선택은 안 하시는 게 좋습니다. 아내와 아이들을 만난 기쁨 때문에 잠시 평온할지 모르지만 갈등의 조건과 갈등의 당사자들이 변하지 않은 상태에서는 갈등이 증폭되어 다시 튕겨져 나가게 될 뿐입니다.

다만 집에 돌아가지는 않더라도 아내와 아이들과는 연락을 끊지 말고 집 밖에서라도 같이 식사를 하거나 시간을 보내면서 가족으로서의 유대감을 유지하도록 하세요. 그 시간에는 상호 부모님에 대한 얘기는 하지 않는다는 규칙을 정하시고요.

처가로 돌아가지 않은 상태에서 가족과 만나면서 짧으면 6개월, 길면 1년 정도 지나면 어느 정도는 자신이 원하는 것과 포기할 수 있는 것을 알게 될 겁니다. 이혼 여부는 그때 가서 결정해도 늦지 않습니다. 만약 그때 가서도 생각이 정해지지 않는다면 좀더 기다리시고요. 이혼은 인생에서 아주 중요한 문제니까 확고한 마음의 결정이 내려질 때까지 기다려야 합니다. 이혼을 할까 말까 하는 갈등 상태라면 아직은 때가 아닙니다.

제 생각으로는 힘들더라도 두 분이 처가에서 나와 합심해서 아이들을 기르는 생활을 해보시길 권하고 싶긴 합니다. 하지만 이것도 아내가 받아들일 수 있는 상태가 되는지 잘 살펴 제안해야 합니다. 상대방이 할 수 없는 것을 하라고 하면 관계 회복이 불가능하다는 점을 잊지 마세요.

아무쪼록 두 분이 현명하게 이 위기를 극복하실 수 있기를 바랍니다. 1년 후에도 여전히 갈등 상태라면 다시 한 번 연락주세요. 그때까지 생각하신 것들을 토대로 같이 방향을 모색해 보자구요.

세상 모든 시누이에게 고함

⚖️

지금이 몇 세기죠? 아, 21세기죠. 그런데 종종 19세기의 일을 겪은 것 같은 분들이 오시곤 해요.

7년 전에 결혼한 30대 여성분의 이야기예요. 남편과는 오랜 연애 후 결혼했고 관계도 나쁘지 않았어요. 문제는 남편이 누나 3명을 둔 종갓집 막내아들이라는 점이었죠. 결혼 6년차 때 문제가 터지기 시작했어요. 시어머니는 명절에 며느리에게 친정에 가지 말라고 했고 그 일로 언쟁이 있었지만, 이를 일단락 짓고 명절 당일 부부는 친정으로 출발했어요. 그때부터였어요. 친정에 온 시누이들은 올케가 자기 엄마와 말다툼했다는 얘기를 듣고 단체톡방에 문자폭탄을 시작했어요. '당장 와서 사죄해라', '당장 시댁으로 돌아와라', '네가 개념이 있냐 없냐' 누나들의 등쌀에 못 이겨 남편은 친정에 온 다음날 새벽 혼자 시댁으로 돌아가게 됐죠.

결국 그 여성분은 시누이들의 말대로 시어머니에게 찾아가 사과를 하고 집으로 돌아왔어요. 그러나 그게 끝이 아니었죠. 시누이들 세 명은 다섯 명(시누이 3, 남편, 의뢰인)이 있는 단체톡방에 돌아가면서 수십 개의 문자를 퍼붓기 시작했죠. '얼굴 띡 디밀고 그게 사죄냐. 가서 다시 사죄드려라', '어머니에게 사죄하고 나면 그 다음 우리에게 와서 사죄해라' 여성분이 시누이들의 문자에 답을 하지 않자 시누이들의 문자 내용이 점점 거칠어지더군요. '너 인성이 글러먹었다', '결혼 전부터 너성격을 알아봤다만, 개념이 정말 없다', '애들이 뭘 보고 배우겠냐. 천벌을 받을 줄알아라' 등등. 하루에도 수십 번의 폭언을 듣는 여성분의 심정이 어땠을까요? 손이벌벌 떨려 휴대폰을 확인할 수가 없었다고 하더군요. 아, 단체톡방에서 그냥 나오면 안 되냐고요? 물론 시도했죠. 곧바로 다시 초대되었지만요.

이러한 상태가 수개월 지속됐고, 여성분은 스트레스로 인한 과호흡증으로 응급실에 실려 가기도 했어요. 그러나 그 사실을 전해들은 시누이들은 '왜, 이 문자를 보니 또 숨을 못 쉬겠느냐?'라며 여성분을 조롱했어요. 시누이들이 보낸 문자들을 찬찬히 살펴보다 보니, 그 강도가 어찌나 센지 제 머릿속에는 이빨을 드러내고 달려오는 공룡 '티라노사우루스'의 모습이 떠올랐어요. 결국, 여성분은 이혼을 선택했습니다. 이 이혼은 시누이들이 시킨 거나 다름없어요. 물론 중간에서 처신을 잘 하지 못한 남편 탓도 있겠지요. 하지만 시누이들이 이렇게까지 적극적으로 '남의 가정'에 개입만 하지 않았다면, 이 부부는 이혼하지 않았습니다. 정말 '남'이냐고요? 네, '남'이라는 생각으로 조심스럽게 대했어야 해요. 지금은 19세기가 아니거든요. 저는 이혼과 함께 시누이들에 대한 위자료 청구를 함께 제기했고, 모두 인용되었어요. 법원은 시누이들이 혼인 파탄에 원인을 제공했다고 판단했지요.

시누이들에게 고합니다. 동생, 오빠 가정에 개입하지 마셔야 합니다. '우리 엄마에게 함부로 하는 것 봐줄 수가 없다고요?' 엄마와 올케 사이에 풀어야 할 문제입니다. 조심 또 조심하셔야 해요.

(※ 요즘은 반대의 경우도 심심치 않게 발생합니다. 아내의 여자 형제들이 동생, 언니의 가정사를 훤히 들여다보고 있는 거죠. 많은 제부들이 고통받고 있어요. 이때는 반대로 울부짖어야겠네요. '세상 모든 처형들에게 고합니다.'라고)

8년간 양육비
안 주는 의사 남편

☑ Yes
☐ No
☐ Hold

\#양육비 이행명령 \#압류 및 추심 명령

Q 8년간 두 아이의 양육비를 안 주는 남편에게 양육비를 받을 수 있는 방법이 있을까 해서 질문을 드립니다.

　저와 남편은 8년 전부터 별거하고 있습니다. 8년 전 제가 둘째 아이를 임신했을 때 남편이 다른 여자와 바람을 피운 사실을 우연히 알게 됐습니다. 두 사람은 제가 아이를 낳으면 이혼하고 결혼하기로 약속했더라고요. 전 화가 나서 둘을 간통으로 고소하고 이혼소송을 제기했습니다. 남편과 그 여자는 그때 '사랑이 무슨 죄냐?'면서 당당했고 단 한 번도 제게 사과를 하지 않았습니다. 저는 그런 남편과 같이 살 수가 없어 두 아이를 데리고 친정 옆으로 이사를 해서 지금까지 친정부모님과 같이 아이들을 키우고 있습니다. '아이들을 생각해서 참으라'는 친정부모님의 권유 때문에 제가 남편에 대한 이혼소송을 취하해 아직까지 이혼하지 않은 상태입니다.

문제는 남편이 별거 후 지금까지 양육비를 주지 않고 있다는 사실입니다. 양육비를 하도 안 줘서 5년 전 소송을 하여 양육비를 지급하라는 판결까지 받았는데도 남편은 '돈이 없다'면서 양육비를 안 주고 있습니다. 양육비 청구 사건에서 보니까 남편이 대출이 많고 재산이 없기는 했습니다. 남편 말로는 주식투자 실패로 빚을 많이 졌다고 합니다. 그래도 남편이 작기는 하지만 개인 의원을 지금까지 운영하고 있고, 얼마 전 차를 새로 바꾼 걸 보면 양육비를 아예 못 줄 형편은 아닌 것 같습니다. 아마 제가 간통 고소와 이혼소송을 했던 것에 앙심을 품고 안 주는 게 아닐까 합니다.

저는 임시직으로 100만 원이 좀 넘는 월급을 받으면서 친정부모님의 도움으로 아이들을 간신히 키우고 있는데, 아이들이 자라면서 돈이 정말 필요합니다. 어떻게 해야 남편에게 양육비를 받을 수 있을까요?

A 8년간 두 아이를 혼자 키워오신 선생님께 박수와 응원과 위로를 보냅니다. 가사소송을 직업으로 하면서 엄마의 힘

은 위대하다는 점을 많이 느낍니다. 선생님 남편처럼 양육비를 안 주는 아빠들이 아직도 정말 많거든요. 가끔씩 양육비를 안 주려고 직장을 그만두거나 재산을 감춰버리는 아빠들을 보면 능력이 있는데도 양육비를 안 주는 경우는 무조건 구속하는 걸로 법이 개정돼야 한다는 생각이 듭니다.

현재까지는 그렇게 강력한 방법이 없고, 양육비 지급 의무자가 직장과 재산이 없는 경우에는 양육비를 받기가 쉽지 않습니다. 그래도 일단 지금 가능한 조치를 알려드리겠습니다.

먼저 5년 전 받은 양육비 판결문이 있으니 그걸 근거로 남편에 대한 양육비 이행명령을 가정법원에 신청하세요. 양육비 담보제공명령 등 다른 조치가 있긴 하지만 양육비 이행명령이 가장 강력한 효력이 있으니까 이행명령 신청을 권합니다. 양육비 이행명령을 신청하면 법원은 선생님의 남편이 양육비를 안 준 이유가 뭔지, 양육비를 주지 않은 데 정당한 사유가 있는지를 따져 정당한 사유가 없을 경우에는 이행명령을 내립니다. 남편이 양육비 이행명령을 받았는데도 이행하지 않을 경우 법원은 남편에게 1,000만원 이하의 과태료를 물릴 수 있고 30일 이내의 감치(監置)를 명할 수 있습니다. 즉 남편이 이행명령을 받고도 계속 양육비를 안 준다면 최장 30일까지 구속시킬 수 있다는 뜻입니다. 이행명령 재판과정에서 판사가 이행명령을 받고도 양육비를 안 주면 이런 불이익을 받게 된다는 걸 설명하기 때문에 이 단계까지 가면 제 경험상 대체로 양육비를 주더라고요.

그리고 양육비 판결문을 근거로 남편의 재산과 수입에 강제집행을 하는 방법이 있습니다. 남편 명의의 재산이 없다고는 하지만 최소한 남편이 운영하는 병원의 임대차보증금과 건강보험공단에서 정기적으로 받는 요양급여는 있을 것입니다. 양육비 판결문을 근거로 압류 및 추심명령을 받아 이 재산들에 강제집행을 하실 수 있습니다. 만약 남편에게 빚이 많은 게 사실이라면 이 재산들도 다른 채무자들이 이미 가져갔을 가능성은 있습니다. 그래도 일말의 가능성이 있고 강제집행 절차가 복잡하지 않으니까 일단 양육비 이행명령을 신청해보시길 권합니다. 이런 조치들을 통해 그동안 못 받았던 양육비를 받으시고 아이들과 행복하게 지내시기를 바랍니다. 씩씩한 엄마, 힘내세요!

매일 집 앞에서 기다리는 남친,
결혼해도 될까요?

편집증 # 강박증 # 분노조절장애 # 도망쳐

Q. 지금 사귀는 남자와 결혼을 해도 될지 고민이에요. 5개월 전 인터넷 친목카페에서 지금의 남자친구를 알게 됐는데 처음 쪽지가 온 날부터 두 달간 계속 저한테 만나자고 해서 석 달 전 처음 만나게 됐습니다. 처음 만난 날 남자친구는 바로 사귀자고 하더니, 1주일 후부터 결혼하자고 했어요. 남자친구는 미혼이고 저는 이혼한 경력이 있는 데다 서로 종교가 달라 결혼하기엔 적당하지 않다고 생각해서 저는 만나지 않겠다고 했지요.

그때부터 남자친구는 제가 없으면 도저히 살 수가 없다며 적극적으로 대시를 해왔어요. 한 달 전부터는 매일 집 앞에서 저를 기다리고 있더라고요. 아침에 헬스장에 가려다가 남자친구가 차 안에서 자고 있는 걸 발견한 적도 있고, 오후에 일하러 나가는데 집 앞에 서 있어서 깜짝 놀란 적도 있어요. 전에 사귀던 남자들은 있지만 아무도 이렇게 저를 좋아해 준 적은 없었어요. 그래서 만나기 시작했고, 빨리 결혼하고 싶어서 얼마 전 양가 부모님께 인사드리고 어렵게 결혼허락을 받았어요.

이제 결혼식 일정 잡는 것만 남았는데, 시간이 좀 지나면서 보니 남자친구가 성격이 급하다는 단점이 있어요. 식당에 갔다가 우리보다 약간 늦게 온 사람들한테 먼저 식사를 갔다줬다고 소리를 지르면서 나오기도 하고, 마트에서 할인을 안 해준다고 사람들 많은 데서 화를 낸 적도 있어요. 이런 면을 몇 번 보다 보니 이 사람과 결혼을 해도 괜찮을까 하는 우려가 생기네요. 헤어지자니 이만큼 날 좋아해 주는 사람을 못 만날 것 같은데, 결혼해서 남자친구의 급한 성격을 고칠 수 있을지 자신이 없어요. 지금 와서 결혼을 못 하겠다고 하기는 망설여지고 도대체 어찌해야 좋을지 모르겠어요.

A 제 머릿속에 바로 빨간 경고등이 켜지네요. 남자친구를 직접 만나보지 않았고 두 분의 만남 과정을 자세히 알지 못하지만 남자친구는 '절대' 결혼해서는 안 되는 유형의 남자에 속하는 게 거의 확실해요. 그러니 양가 부모님 허락을 다 받고 결

혼식 날짜만 잡으면 되는 단계까지 왔다고 해도, 아니 설령 청첩장까지 다 돌리고 일주일 뒤 결혼식을 올려야 해도 이건 아니예요. 그동안 이혼소송 경험으로 미뤄보건대 남자친구는 결혼 전 집요하게 구애해 일단 결혼에 골인하면 그때부터 순식간에 폭군으로 변할 가능성이 매우 큰 사람이기 때문이에요.

이런 유형의 남자들의 결혼에는 몇 가지 공통적인 단계가 있어요. 1단계, 첫눈에 사랑에 빠져서 만나자마자 사귀자고 한다. 2단계, 데이트 시작한 지 며칠 만에 청혼한다. 3단계, 상대가 결혼을 거부하면 결혼을 허락할 때까지 집요하게 구애한다. 4단계, 일단 결혼허락을 받으면 바로 혼인신고부터 하거나 결혼식을 한다(보통 만남에서 결혼까지 2~3개월 정도 걸림). 5단계, 결혼 직후 혹은 결혼 직전부터 폭행과 폭언이 시작되는데, 초기에는 폭행 후 눈물 흘리면서 용서를 빈다. 6단계, 시간이 흐르면서 폭행 수위가 올라가고 경찰을 불러야 제압이 되는 상태가 된다. 7단계, 결혼생활 지속이 도저히 불가능한 상태가 되어 이혼한다. 이런 식의 과정을 거쳐 결혼 후 빠르면 몇 개월, 늦으면 몇 년 안에 결혼이 파탄나는 걸 저는 적지 않게 봤습니다. 선생님은 현재 3단계에 있는 셈이고요.

대부분 이런 남자들에게는 편집증, 강박증, 분노조절장애가 있어 결혼 전부터 조금씩 그런 징후가 나타나지요. 매일 집 앞에서 기다리는 집요함도 사실은 이런 편집증이나 강박증에서 비롯되는 건데, 많은 여성들이 이것을 사랑이라고 착각해요. 결혼 전까지 최대한 자제하기는 하는데, 그래도 본성을 숨길 수가 없어서 선생님 남자친구처럼 식당 같은 공공장소에서 제3자에게 화를 내는 경우가 종종 있어요. 자제력이 약한 경우에는 결혼 전부터 상대방에게 화를 내거나 폭력을 행사하기도 하고요. 이런 징후가 있는데도 결혼한 이유를 물어보면 하나같이 '그 사람이 나를 정말 사랑하는 줄 알았다. 그게 집착인 줄은 몰랐다'고 대답하지요. 왜 그걸 구별을 못하는지 정말 안타까워요.

여기까지 얘기하면 선생님은 '사람은 변하는 거 아니냐. 사랑으로 그 사람을 변화시키면 되지 않느냐'는 질문을 하고 싶으실 거예요. 드물기는 하지만 사랑 혹은 시련이 사람을 변화시킬 수 있다는 걸 저도 부정하진 않아요. 하지만 거기에는 적어도 두 가지 전제조건이 필요합니다. 첫째는 상대방의 문제점이 병적인 수준에 이르지 않는 정도여야 해요. 제가 정신과의사는 아니지만 한 달간 밤낮없이 집 앞에서 기다리고 있다면 병적인 수준의 집착인 것 같아요. 병적인 집착은 의사도 고치기 어렵다는 점을 기억해 두세요. 둘째는 상대방의 문제가 병적인 수준이 아니더라도 상대를 변화시키려면 본인에게 그럴 만한 능력과 기술이 있어야 해요. 사자도 길들일 수는 있지만, 그건 아무나 하는 건 아니잖아요. 맹수 조련사만 할 수 있는 일이지요. 내가 과연 맹수를 조련할 능력과 기술을 갖고 있는지 곰곰이 생각해 보세요.

남자친구가 나를 이렇게 사랑하고 부모님 허락까지 받았는데 어떻게 여기서 결혼 결정을 뒤집느냐, 이런 생각이 드실 수 있어요. 저의 어설픈 단계론에 따르면 선생님은 현재 3단계에 있고, 여기서 멈추지 않으면 최종 단계까지 갈 수도 있어요. 아무쪼록 현명한 결정을 내리시길 바랍니다.

결혼 2일차 "그 남자가 그 남자가 아니에요!"

⚖️

"아니, 아니더라고요." 우리가 즐겨 보던 드라마 〈사랑과 전쟁〉과 같은 픽션이 아니었어요.

2년 전쯤 사건이에요. 이틀 전에 결혼식 치른 여성이 다급하게 사무실을 찾아오셨습니다. 사기결혼을 당했다고요! 보통 사기결혼 당했다고 찾아오시는 분들도 얘기를 들어보면 그렇지 않은 경우가 대부분이에요. 그런데 이분은 정말 '사기'를 당하셨더라고요. 남자의 직업은 의사, 지역 동호회에서 처음 만나 남자의 구애로 연애 시작, 결혼식 사진을 보니 남자는 호남형이었고, 의뢰인도 상당히 미인이라 선남선녀가 따로 없더군요. 의뢰인은 결혼식 당일 이상한 점을 느꼈어요. 상견례 자리에서 보았던 시어머니 대신 다른 중년여성이 혼주 자리에 있더라는 거예요. 놀라서 물으니 남자 왈, '우리 엄마가 갑자기 아침에 아파서 고모가 대신 왔다'라고 하더랍니다. 이상해도 결혼식을 엎을 수는 없으니 식을 올렸지요. 그런데 그 다음날 식을 올린 호텔에서 남자측 식대가 입금이 안 됐다고 전화가 왔대요. 의뢰인은 기분이 싸-했대요. 인터넷 사이트에서 남자의 신상정보를 미친 듯이 검색해 보니, 자기가 결혼식을 올린 사람이 자기가 아는 그 사람이 아니더랍니다.

결국 밝혀진 남자의 '신상'은 '최종학력 고졸, 현재 택배 승하차장에서 근무'였어요. 상견례 자리에서 봤던 시부모님이요? 하객알바를 고용한 거였습니다. 시아버지역 알바는 식장까지 이중으로 섭외했으나, 시어머니역 알바 섭외를 실패해 사람이 바뀌었던 거고요. 심지어 남자는 근무지인 택배 승하차장에서 절도로 형사고소를 당한 상태였는데, 데이트 비용은 물건을 훔쳐 중고나라에 판 돈으로 충당했다더군요.

이쯤 되면 다들 의아하실 거예요. 어떻게 연애하면서 그렇게 까맣게 속을 수가 있지? 네, 저도 궁금했는데요, 사정을 알고 보니 저라도 깜박 속겠더라고요. 의뢰인은 바쁜 남자를 위해 그가 근무하는 대학병원으로 여러 번 찾아갔는데, 그때마다 남자는 의사 가운을 입고 병원에서 나왔어요. 자신의 이름이 기재된 대학병원 스케줄표를 보여주며 데이트 일정을 잡았고요. 심지어 동호회 단체톡방에는 그를 선생님이라고 부르는 같은 대학병원 간호사도 있었어요(이 부분은 지금까지도 미스터리로 남아 있어요). 의뢰인의 지인인 해당 대학병원 관계자들과 함께했던 식사 자리에서, 남자는 실제 교수님 이름을 언급하며 대화를 이끌었고 의학용어도 너무나 능수능란해 아무도 의심하지 않았더랍니다.

의뢰인이 남자에게 "왜?! 왜그랬냐"고 물어보았대요. "사랑해서" 사랑해서 그랬다고 남자가 대답했답니다. 네, 의뢰인 입장에선 분노가 치밀 일이죠. 결혼식 2주 전 남자는 신혼집 입주 문제로 혼인신고를 먼저 해야 한다고 했고, 혼인신고마저 먼저 마친 상태였습니다. 우리는 혼인취소소송을 제기했고, 몇 개월 후 취소 판결을 받았습니다. 그러나 의뢰인의 상처를 무엇으로도 치료할 수 없겠지요. 어떻게 하면 이런 일을 피할 수 있을까요? 사실 저도 잘 모르겠습니다. 사랑하는 사람이 사실은 사기꾼일 것이라고 의심하며 그를 사랑할 수는 없잖아요. 저는 의뢰인이 이 상처를 잘 이겨내기를 옆에서 그저 응원할 뿐입니다.

한 달 만에 깨진 결혼,
집값은 돌려받을 수 있나요?

\# 사실혼 \# 관계 종료로 인한 재산분할청구

Q 2주일 전 짐을 싸서 집을 나왔습니다. 결혼식을 올린 지 두 달 만이에요. 마흔이 넘어서 한 결혼이라 웬만하면 참고 살려고 했는데, 남편이 저한테 너무 많은 부분을 속인 걸 알게 되어 이 사람을 믿고 평생 살 수가 없다는 결론을 내렸어요. 결혼 전부터 마음에 걸리는 것들이 있어서 혼인신고는 아직 안 했고요.

4개월 전 중매를 통해서 남편을 만났어요. 지금 와서 생각해 보니 제가 남편이 마음에 들었다기보다는 결혼이 하고 싶었던 것 같아요. 마흔을 넘긴 나이라 마음에 드는 사람을 찾다가는 영영 결혼을 못 할 것 같았거든요. 혼자서 노후를 보낸다고 생각하니 무섭기도 했고요. 남편이 저를 좋다고 하길래 그냥 눈 딱 감고 결혼하자는 심정이었어요. 결혼 준비 과정에서 이상하다 싶은 점들이 있었지만 일단 결혼하면 어떻게 되겠지 생각했어요.

그런데 남편은 직업과 학력을 속인 데다가 지독한 구두쇠여서 생활비를 한 푼도 안 내려고 하더라고요. 가장 충격적인 사실은 결혼 안 한 상태에서 낳은 5살 아들이 있다는 거예요. 그 사실을 알게 되자 저는 도저히 안 되겠다 싶어서 남편한테 헤어지자고 통보하고 집을 나왔어요.

문제는 신혼집을 마련하면서 제가 보탠 집값이에요. 집 나온 후 제가 남편한테 신혼집 사면서 제가 보탠 비용 7,000만 원을 돌려 달라고 했는데 지금까지 아무런 대답이 없어요. 남편은 자기는 헤어지는 데 동의 안 하니까 아직 우리는 부부라고만 하더라고요. 천하의 구두쇠라 그 돈을 돌려주지 않으려는 것 같아요.

혼인신고를 안 했는데도 헤어지는 데 남편의 동의가 있어야 하나요? 그리고 제가 낸 집값 7,000만 원을 돌려받을 수 있을까요? 그 돈은 저의 전 재산이라 꼭 받아야겠어요. 제가 왜 이리 바보 같은 결정을 했는지 후회 때문에 잠을 못 자고 있어요.

A 일단 선생님의 질문에 대한 답변을 먼저 드릴게요. 선생님과 남편은 혼인신고를 하지 않았으니까 사실혼 상태로

볼 수 있는데 사실혼은 헤어질 때 아무런 절차도 필요하지 않고, 상대방의 동의도 필요없어요. 우리 법원도 사실혼은 일방의 의사에 따라 해소될 수 있고 당사자 일방의 파기로 공동생활의 사실이 없게 되면 사실혼은 해소된다고 보고 있어요. 한쪽이라도 같이 못 살겠다, 헤어지자 하고 따로 살게 되면 사실혼 관계는 끝이 난다는 거지요. 그러니까 남편이 헤어지는 데 동의를 안 했어도 선생님 혼자만의 결정으로 사실혼 관계는 이미 정리가 된 겁니다.

선생님이 신혼집 집값을 낸 것도 당연히 돌려받을 수 있어요. 선생님 사례와 같은 경우가 종종 있어서 우리 대법원에서 판결이 나온 게 있는데, 그 판결에 따르면 사실혼 관계가 단기간에 해소된 경우 결혼 후 동거할 주택구입 명목으로 준 돈은 형평의 원칙상 전액 반환돼야 한다고 해요. 이 판결에서는 사실혼 관계가 한 달 만에 파탄 났는데, 선생님도 비슷한 경우니까 이 판결의 결론대로 될 거예요.

만약 남편이 끝내 선생님이 낸 집값을 돌려주지 않는다면 사실혼 관계종료로 인한 재산분할청구 소송을 하셔서 받으실 수 있어요. 좀 번거롭긴 하겠지만 그 돈은 반드시 돌려받을 수 있으니까 이 점은 안심하셔도 돼요.

다음으로 지금 선생님을 괴롭히는 후회에 대해서 약간 말씀을 드리고 싶어요. 선생님은 상대방을 잘 모르는 상태에서 결혼을 결정하신 거였어요. 제 경험으로 보면 상대방을 잘 모르고 결혼을 결정하면 결혼 후 아주 짧은 기간 안에 파탄나는 경우가 종종 생기더라고요. 이런 분들의 사연에는 몇 가지 공통점이 있어요.

첫째, 빨리 결혼해야 한다는 심리적 부담감이 있어요. 부모님 등 주변 사람이 빨리 결혼하라고 압박을 주거나 본인 스스로 결혼을 하면 안정될 것이라고 생각해 상대보다는 결혼 자체를 선택합니다.

둘째, 자신이 결혼상대를 선택하는 것이 아니라 상대가 나를 선택했다는 이유에서 결혼을 결정합니다. 상대방이 내 마음에 드는지는 별로 고려하지 않고 상대방이 나를 마음에 들어하면 결혼해서 맞출 수 있다고 생각하는데 실제 결혼해 보면 그렇지 않다는 걸 알게 되죠.

셋째, 상대방의 외모, 직업, 학벌, 재산, 집안 등의 조건에 끌려서 결혼을 결정합니다. 결혼하면 상대방이 가진 조건의 좋은 점만 누릴 거라고 생각하지만 이건 오산이에요. 결혼에서 조건은 양날의 칼인 경우가 많아요. 아마 선생님도 비슷한 상황에서 결혼을 결정하시게 된 것 같은데, 그런 실수를 하시는 분들이 선생님만이 아니라는 걸 말씀드리면 좀 위로가 되실까요?

인간은 누구나 실수하는 존재니까 실수했다는 이유로 자신을 너무 괴롭히지 마세요. 그보다는 실수한 자신을 너그러이 용서해 주고 선생님과 마음이 통하는 상대를 다시 찾아보시길 바랍니다.

신혼집에 안 들어오겠다는 남자

⚖️

"제대로 시작도 못 해봤습니다. 신혼여행 다녀오자마자 끝나버렸거든요. 신혼집 전세 계약이 제 이름으로 되어 있었는데, 이 남자가 자긴 신혼집에 들어올 생각이 없다고 알아서 정리하래요. 저 이제 어떻게 하죠?"

날벼락이 따로 없습니다. 신혼여행 후 몇 번의 다툼이 있었고 이제 남편이 된 남자친구가 이별선언을 한 겁니다. "원래 너와의 결혼에 확신이 없었다. 아니라는 것을 이제는 정말 확실히 알겠다. 더 늦기 전에 정리하자." 의뢰인이 울고불고 매달렸더니 남자는 되려, "그러니까 결혼 전에 내가 헤어지자 했을 때 헤어지면 좋았지 않느냐! 그때 나를 왜 잡았냐!"라며 화를 내더랍니다.

헉, 적반하장도 유분수네요.

이제 정신을 단단히 붙드실 차례입니다. 소송을 준비한다는 것을 눈치채면 상대방은 입을 닫을 거니까요. 의뢰인은 정말 똑똑한 사람이었어요. 힘든 와중에도 왜 자기와 헤어지고 싶은지 남자에게 조곤조곤 물어 녹취와 문자증거를 수집했지요. 사실혼 파탄이 오로지 '상대방의 변심' 때문이라는 부분을 확실히 한 것이죠. 제대로 된 증거를 확보하지 않고 소송을 시작하면 상대방의 온갖 거짓말로 혼인파탄이 '그의 사유'가 아니라 '우리의 사유'가 돼버리기 십상이에요. 다행히 의뢰인은 혼인

준비에 들어간 대부분의 돈을 배상받고 그와의 관계를 정리할 수 있었어요.

땅을 치게 억울한 일을 당하셨나요? 너와 나와 하늘이 알아도 법원이 모르면 당신의 청구는 기각됩니다. '이 일에 너의 잘못이 없다'라는 법원의 판결문은 당신의 새 출발에 큰 힘이 될 겁니다. 만약 이러한 일을 겪고 있는 분이라면 너무 늦기 전에 변호사를 찾아가 증거를 수집하기 위한 조언을 들으셔야 해요!

이혼하라고
예물을 가져간 시어머니

☑ Yes
☐ No
☐ Hold

손해배상청구 # 내용증명 # 절도죄

Q 결혼식 올린 지 두 달 됐는데, 시어머니가 저를 몰아내려고 하고 남편도 이런 시어머니 편을 들고 있어요.

문제는 신혼여행 때부터 시작됐어요. 신혼여행 중 남편이 계속 누군가와 카톡을 했는데, 알고 보니 저와 결혼하기 전에 동거했던 여자더라고요. 저는 몰랐던 사실이라 무척 놀랐지요. 남편이 그 여자한테 보낸 카톡을 보니 아직까지 그 여자를 못 잊고 있는 거였어요. 그럴 거면 도대체 왜 저와 결혼을 했는지 기가 막혔고, 신혼여행 때부터 자주 다투게 됐지요. 남편과 사이가 안 좋으니까 자연히 시댁에 한 달 정도 연락을 안 했고요.

그러자 시어머니가 "며느리 자격이 없으니 당장 나가라"고 하면서 남편한테 당장 저와 헤어지지 않으면 연을 끊겠다고 한 거예요. 어머니가 이렇게 나오니까 남편까지 '어머니의 뜻을 거스를 수 없다. 우리는 이제 끝이다'라면서 저한테 집을 나가라고 하더니 현관 비밀번호를 바꿔버리더라고요. 시어머니는 한술 더 떠서 제가 며칠 친정에 가 있겠다고 한 사이에 집에 들어와 장롱 안에 넣어두었던 혼인예물까지 가져가버린 거예요. 제가 신혼집 아파트의 CCTV를 봤더니 시어머니가 집에 들어가서 뭔가 들고나가는 장면이 있더라고요. 예물가격은 3,000만 원 정도 되는데 그 예물을 그냥 저한테 주자니 아까워서 가져간 것 같아요.

이런 상황에서는 도저히 못 살겠다 싶어서 친정으로 돌아왔는데, 제 잘못은 하나도 없이 쫓겨나서 너무나 분하네요. 저를 일방적으로 쫓아낸 시어머니와 남편에 대해서 제가 뭔가 제재를 가할 수 있는 게 없을까요? 지금도 제가 이런 황당한 일을 겪었다는 게 도저히 믿어지지 않아요. 신혼여행 때부터 싸워서 아직 혼인신고는 안 했어요.

A 그냥 잊어버리기엔 너무나 황당한 상황이네요. 그대로 끝내기엔 너무 억울하시다면 할 수 있는 조치가 있습니다. 조치는 두 가지인데요, 하나는 민사적인 손해배상청구이고, 다른

하나는 형사고소예요.

　먼저 손해배상청구에 대해서 알아보지요. 결혼식을 올린 후 얼마 지나지 않아 혼인관계가 파탄된 경우, 파탄에 책임이 있는 당사자는 상대방에게 위자료와 결혼식 비용을 물어줘야 한다는 게 우리 법원의 확고한 입장이에요. 선생님은 시어머니와 남편에게 혼인을 파탄시킨 데 대한 위자료와 결혼식 비용을 청구할 수 있어요. 여기까지는 많이들 하는 거예요.

　선생님 사건에서는 한 가지를 더 할 수 있는데, 바로 혼인예물을 가져간 시어머니를 절도죄로 형사고소하는 것이에요. 시어머니는 결혼한 지 얼마 안 돼서 결혼이 깨졌으니까 예물을 자기들 소유라고 생각하고 가져간 것 같은데, 법원의 생각은 달라요. 법원이 보기에 그 예물은 선생님 소유거든요.

　원래 혼인예물을 준 후 혼인이 성립하지 않게 되면 예물을 준 쪽은 받은 쪽에 반환청구를 할 수 있는 게 원칙이에요. 하지만 혼인파탄의 책임이 있는 당사자는 예물반환을 청구할 수 없다고 보는 게 우리 법원의 입장이거든요. 선생님의 사례에서 예물을 준 시어머니가 일방적으로 선생님에게 이혼하라면서 내쫓았으니 예물을 돌려

달라고 할 수 없는 것이고, 결과적으로 예물은 선생님 소유인 것이지요. 그러니까 시어머니가 선생님 몰래 예물을 가져간 건 절도죄가 됩니다.

그런데 우리 형법은 직계혈족, 배우자, 동거친족, 호주, 가족 또는 그 배우자간의 절도죄의 경우에는 형을 면제한다는 소위 '친족상도례' 규정을 두고 있으니까 시어머니가 혹시 여기에 해당되는지를 봐야 해요. 친족상도례 규정은 법률상의 관계를 기준으로 적용되는데, 혼인신고를 안 했으니까 친족상도례가 적용될 일은 없네요.

손해배상 받고 형사고소도 하면 분이 좀 풀리실까요? 제 생각으로는 바로 법적인 조치를 하지 말고 먼저 시어머니와 남편에게 이런 내용을 적어서 내용증명을 보내고 손해배상을 요구해 보면 어떨까 해요. 선생님 요구대로 손해배상을 해주면 굳이 소송이나 고소를 하지 말고 상황을 마무리하시는 거예요. 만약 내용증명을 받고도 나몰라라 하면 그때 가서 법적인 조치를 취해도 늦지 않겠죠. 유쾌하지 못한 일은 빨리 마무리하고 잊어버리는 게 최선이거든요. 얼른 털어버리고 새출발하실 수 있길 빌어요.

딩크족의 이혼, 부모로부터 받은 재산도 분할 대상인가요?

각자 수입 관리 # 기여도 # 부모로부터 받은 재산

Q. 올해 35세 남성입니다. 3년 전 결혼정보업체를 통해 만난 지금의 아내와 결혼했는데, 서로 성격이 맞지 않아서 신혼 때부터 부부싸움이 잦았습니다. 시간이 흐르면 나아질까 했지만 3년이 흘렀는데도 부부 사이가 개선되지 않아 이혼하려고 합니다. 아내도 이혼 자체에는 동의하는데 문제는 재산분할입니다.

저희 부부는 맞벌이를 했는데 월급은 둘 다 300만 원 정도로 비슷합니다. 각자의 수입은 각자 관리하되 매월 150만 원씩 공동계좌로 송금해 공동생활비를 쓰고 남은 돈은 적금을 들기로 정해서 그렇게 해왔는데, 공동경비로 저축한 돈이 2,500만 원 정도 됩니다. 저는 저축 2,500만 원을 각자 반씩 가져가고 이혼하면 된다고 생각했지만 아내가 결혼할 때 장만한 혼수비용은 자기가 손해보는 것이니 가전과 가구 값으로 2,000만 원을 달라고 해서 2,000만 원을 아내가 갖고 500만 원을 제가 갖는 것으로 합의했습니다.

그런데 협의이혼 신청을 하러 가기 전날 아내가 2,000만 원 받는 걸로는 안 되고 부모님한테 받은 재산도 분할대상이 된다는 얘기를 들었다면서 1억을 추가로 달라고 합니다. 결혼 전 부모님이 사주신 제 소유의 시가 5억 원짜리 아파트의 20%가 분할금액이랍니다.

제 생각으로는 아내의 요구가 부당한 것 같습니다. 이혼시 재산분할이라고 하는 게 결혼 후에 공동으로 마련한 재산만 해당되는 것 아닌가요? 결혼 후 마련한 공동재산의 대부분을 아내에게 양보했는데 부모님이 사주신 집까지 분할해 주기는 싫습니다. 아내는 소송으로 가면 부모한테 받은 재산도 대상이 된다고 하는데 정말 그런가요?

A 이혼할 때 재산을 어떻게 분할해야 하느냐, 참 어려운 문제입니다. 원칙은 '결혼 기간에 부부가 공동의 노력으로 형성한 재산을 재산의 형성, 유지에 대한 기여도에 따라서 분할한다'라는 것입니다. 그런데 이 원칙을 기계적으로 관철하자니 불합

리한 경우가 많이 생겨서 실제 사례에서는 상당히 변형되어 적용되고 있습니다. 그래서 실제 사안에서 구체적으로 어떻게 분할되느냐는 질문을 받으면 정확한 답을 드리기가 매우 어렵다는 점에 대한 양해를 먼저 구합니다.

질문의 핵심이 부모가 준 재산도 재산분할 대상이 되느냐인데, 부모로부터 받은 재산도 이혼시 재산분할 대상이 된다는 판결이 반복적으로 나오고 있고, 실제 사건에서도 분할 대상으로 보는 경우가 많습니다. 하지만 부부가 공동으로 형성한 재산이 아님에도 불구하고 분할 대상으로 보기 위해서는 그럴 만한 근거가 필요합니다.

명시적인 기준이 있는 것은 아니지만, 부모로부터 받은 재산을 분할 대상으로 포함시키는 경우는 부모로부터 재산을 받은 후 상당한 기간 결혼이 지속되었다는 전제가 필요한 듯합니다. 예컨대 남편의 부모가 결혼할 때 집을 사주었는데 25년 결혼생활 후 이혼하게 되었다면 부모로부터 받은 집도 분할 대상으로 봅니다. 오랜 기간 배우자가 가사노동을 한 부분이 부모로부터 받은 재산을 유지하는 데 기여했다고 보기 때문입니다.

결혼 기간이 장기간이 아니라도 부모가 준 재산을 분할 대상으로 보는 경우가 있는데, 그럴 만한 사정이 있는 경우입니다. 결혼 생활 몇 년 만에 이혼하게 되었는데 어린아이가 있는 경우 양육권자에게 별다른 재산이 없다면 법원에서 조정 과정에서 부모로부터 받은 재산이라도 분할해 주라고 권하는 경우가 종종 있습니다. 결혼 후 모은 재산을 분할하는 것만으로는 양육권자에게 필요한 돈을 마련해 주기에는 턱없이 부족하기 때문에 부모가 준 재산에서라도 나눠주라고 하는 것입니다. 아이를 키우는 데 돈이 필요하니 그 돈을 마련해 주자는 인지상정의 발로라고 보시면 됩니다. 법률적인 용어로는 '이혼 후 부양'에 대한 고려입니다.

결혼 후 배우자의 급여로 집 마련을 위한 담보대출의 원리금을 상환하는 등 직접적으로 재산의 형성, 유지에 기여했다면 이런 경우에도 일정 부분 분할이 인정되어야 타당하겠지요. 그런데 질문자처럼 결혼 후 각자 수입을 관리하면서 생활비를 공동으로 부담한 경우에는 부모로부터 받은 재산을 분할 대상으로 볼 근거가 부족해 보이네요. 실제 사건을 다루어보면 선생님과 같이 아이가 없는 맞벌이 부부가 각자 수입을 관리한 경우에는 특별한 사정이 없는 한 부모로부터 받은 재산에 대한 분할을 인정하지 않는 경우가 대부분입니다. 따라서 부모님이 사준 집을 분할해 달라는 아내의 요구는 수용하지 않으셔도 될 것 같네요.

　하지만 그렇다고 해서 소송까지 한다는 건 상호 너무 소모적인 것 같습니다. 제 생각으로는 결혼 기간의 적금을 아내에게 주는 정도로 타협하면 어떨까 싶습니다. 결혼할 때 배우자가 마련한 가전제품, 가구 등은 이혼할 때 구입비용에 비하면 가치가 크게 떨어졌기 때문에 배우자가 불리한 건 사실이니까요. 이 점을 고려해 선생님께서 조금 더 양보를 해보시지요. 그 정도 혹은 거기서 약간 더 양보를 하는 수준에서 타협을 해보시고, 만약 그래도 타협이 안 된다면 그때 소송을 해도 될 것 같아요. 서로 잘 타협하셔서 조속하게 해결되시길 빕니다.

혼인시 보태준 내 돈, 대여인가 증여인가

⚖️

보통 아들, 딸 결혼시키면서 부모님이 목돈을 해주는 일이 많지요. 그런데 그 목돈이 시댁이나 처가 한쪽에서 많이 보탠 것이고, 5~6년쯤 지나 혼인이 깨졌을 때 어떤 일이 벌어질까요? 재산분할은 변론종결시(쉽게 말해 재판 끝날 때) 양 당사자가 가지고 있는 재산 총액을 기준으로 남편과 아내가 나누어 갖게 되지요. 즉 수년 전에 부모님이 해주신 돈도 다 그 사이에 섞여서 분할이 된다는 것입니다.

아 네, 아깝습니다. 그 피 같은 돈이 이렇게 헤어질 줄 알고 나누어 가지라고 주신 것이 아닌데요. 그래서 부모님들은 고심 끝에 하는 주장이 있습니다. "그거 애들 결혼할 때 꿔준 겁니다. 그냥 준 게 아니에요!"

법원에서 이를 받아들일까요? 아니오. 법원에서 절대 받아들이지 않습니다. 여러분들이 하는 생각, 법원에서도 하기 때문이지요. 막상 재판을 해보면, 부모와 자식 간에 대여금은 거의 인정되는 경우가 없습니다. 만약 공정증서도 있고 이자도 따박따박 지급한 사실관계가 있다면 모르겠습니다(이런 건 저도 본 적이 거의 없습니다. 아마도 대여라고 주장하긴 하지만, 실제로는 받을 생각 없이 그냥 준 돈인 경우가 대부분이기 때문이겠지요). 법원도 부모님들이 하도 속이 터져서 고심 끝에 하는 주장이 대여금이라는 점을 잘 알기 때문에, 아무리 대여금이라고 부르짖어도 증여로 봅니다.

아, 그럼 억울해서 어떡하냐고요? 혼인시 한쪽 집에서 많은 돈을 보태준 사정은 기여도로 참작됩니다. 즉 그 비율만큼 상대방의 재산분할금을 줄일 수는 있지요. 혼인시 부모님이 보태준 돈 전부를 대여로 보아 재산목록에서 빼버리는 것은 어려워요.

기러기 부인,
남편 몰래 외국에서 이혼판결 가능할까요?

☐ Yes
☑ No
☐ Hold

재판관할권 # 상호보증 # 소송서류 송달

Q 미국에서 질문 드립니다. 남편과 저는 결혼한 지 20년 정도 됐고, 10년 전 제가 아들 교육을 위해 아들과 함께 미국에 가면서부터 기러기 부부로 살아왔습니다. 남편은 한국에서 사업을 해서 저와 아들의 생활비와 교육비를 부쳐주고, 1년에 두어 번 정도 미국에 와서 며칠간 같이 지내다가 돌아가곤 했습니다.

미국에 온 후 제가 아들 공부를 위해서 정말 열심히 노력한 덕에 아들은 좋은 대학에 진학했습니다. 아들이 대학에 들어간 후부터 남편이 그만 돌아오라고 하는데 저는 별로 돌아가고 싶지 않아서 아직까지 미국에서 지내고 있습니다. 사실 기러기 부부생활을 선택한 이유 중 하나는 결혼 초부터 남편과 사이가 좋지 않았던 것도 있거든요. 같이 살면서 자주 싸워 이혼하는 것보다는 기러기 부부로 지내는 게 낫겠다 싶었습니다.

그래도 학비와 생활비 부쳐주는 게 고마워서 처음에는 자주 전화하고 미국에 오면 잘해주려고 노력했는데, 남편은 늘 자신이 한 만큼 저한테 대접을 못 받는다고 불만이 많았습니다. 2년 전 미국에 왔을 때 크게 싸워 그때부터 남편이 미국에 오지 않고 1년 전부터는 서로 전화도 안 합니다. 다시 한 집에 살 수는 없을 것 같아 오랫동안 고민 끝에 이혼하자고 했더니 남편은 "내가 뭘 잘못했다고 이혼을 당하느냐!" 하면서 절대 이혼은 안 한다고 하네요.

남편이 이혼을 거부하니 어찌하나 고민하고 있는데 얼마 전 친구가 미국법원에서 이혼판결을 받아서 이혼하라고 하네요. 남편에게 알리지 않고 미국법원에서 이혼판결을 받는 방법이 있는데 시간도 별로 안 걸린답니다. 미국법원에서 이런 식으로 이혼을 하면 한국에서 인정이 될까요?

A 요즘 기러기 부부와 국제결혼이 많다 보니 외국에서 이혼을 진행하는 경우가 늘어나고 있는 듯합니다. 선생님처럼 한국에 있는 배우자가 이혼을 거부하는 경우 이혼이 쉬운 외

국법원에서 이혼판결을 받으면 어떨까 하는 질문을 하시곤 합니다. 결론부터 말씀드리자면 선생님이 말씀하시는 방식으로 받은 외국법원의 이혼판결은 한국에서 그 효력을 인정받기가 어렵습니다. 외국판결의 효력이 한국에서 인정되려면 그 외국판결이 우리나라 민사소송법에서 정한 조건에 맞아야 하는데, 한국에 있는 남편에게 알리지 않고 미국에서 받은 이혼판결은 이 조건을 충족시킬 가능성이 낮습니다.

우리 민사소송법은 외국법원의 판결을 우리나라에서 승인하는 조건으로 4가지(재판관할권, 소송서류 송달 혹은 응소, 선량한 풍속 및 사회질서, 상호보증)를 들고 있는데, 그 중 외국법원의 이혼판결과 관련해서 주로 문제되는 부분이 외국법원의 재판관할권과 소송서류 송달입니다.

미국법에 대해서는 잘 모르지만 경험상 친구 분이 권하는 간편한 절차는 소송서류에 남편의 주소를 가짜로 적거나 남편이 행방불명이라고 써서 우리나라의 공시송달(公示送達)과 비슷한 결정을 받고 남편이 소송서류를 못 받은 상태에서 이혼판결을 받는 절차를 말하는 것이 아닐까 합니다. 그동안 이런 방식으로 받은 외국이혼판결의 효력에 대한 판결이 몇 번 있었는데, 이런 외국판결은 한국에서 승인될 수 없다는 것이 우리 법원의 입장입니다.

국제이혼 사건의 경우에는 원칙적으로 피고의 주소지가 있는 국가의 법원에 재판관할권이 있으니까(피고주소지주의) 미국법원은 한국에 주소가 있는 피고에 대한 이혼소송의 재판관할권이 없다는 것입니다. 이런 방식으로 재판할 경우 피고가 소송서류를 못 받은 상태에서 판결이 나니 소송서류가 피고에게 송달되어야 한다는 조건에도 어긋납니다. 한마디로 이혼소송을 당한 사람이 소송당한 것을 모르는 상태에서 외국에서 몰래 받은 판결은 한국에서는 인정이 안 된다는 것인데, 생각해 보면 참 당연한 얘기입니다.

만약 선생님이 남편 몰래 미국법원에서 이혼판결을 받아서 한국에서 이혼신고를 했는데, 남편이 나중에 이런 사실을 알게 되었을 경우 남편은 미국법원의 판결로 된 이혼이 무효라는 소송(이혼무효확인)을 할 가능성이 있습니다. 이 소송에서 법원은 미국이혼판결로 한 이혼은 무효라고 판결할 것이니, 선생님은 결국 한국법원에 이혼소송 절차를 다시 밟아야 합니다. 이처럼 쉽고 간편하게 하자는 본래 의도와는 반대로 여러 가지 소송을 반복해야 하는 상황이 될 수도 있습니다. 이런 점들을 충분히 고려하셔서 무리한 결정은 피하시길 권하고 싶습니다.

part two

애정은 사라져도 의무는 남는
'부부의 세계'

아이가 돌인데
남편이 바람피우는 것 같아요,
이혼할까요?

☐ Yes
☐ No
☑ Hold

외도의 징후 # 4단계 중 2단계

Q 결혼한 지 3년 된 32살의 전업주부예요. 딸이 한 달 전에 돌이 지났어요. 얼마 전부터 남편의 행동이 이상해서 제가 어떻게 해야 할지 의논을 하고 싶어요.

두어 달 전부터 남편이 회사에 일이 있다면서 주말에 나가는 일이 잦아졌어요. 그냥 나가는 게 아니라 옷을 몇 번씩이나 입었다 벗었다 하면서 신경을 쓰고요. 잘 때는 스마트폰을 머리맡에 놓고 자고 새벽까지 문자를 확인하곤 해요. 며칠 전에는 밤에 전화가 오니까 작은 방에 들어가서 문 닫고 통화를 하더라고요. 설마 그럴까 싶긴 하지만 남편이 혹시 바람피우는 걸까요? 만약 그렇다면 전 도대체 어떻게 해야 할까요? 이혼하자니 아이가 너무 어리고, 전 직장도 없는데…. 요즘 마음이 지옥 같아요.

A 질문을 읽는 저도 답답하네요. 답답한 이유는 남편이 바람을 피우고 있는 건 거의 확실한 것 같아서예요. 아이는 한 살인데 아이 아빠가 마음이 딴 데 가 있으니 정말 큰일이네요.

오랫동안 이혼사건 상담을 하면서 알게 된 건데 남녀 구별 없이 외도를 하게 되면 전형적인 징후가 몇 가지 나타나요. 상습적인 바람둥이들은 이 징후를 안 드러내고 잘 감추기도 하지만, 이런 '선수'가 아닌 보통 사람들은 아무리 감춘다고 감춰도 티가 나게 마련이더라고요.

첫 번째 징후는 휴대폰이에요. 안 그러던 사람이 휴대폰을 늘 손에 들고 있고 머리맡에 휴대폰을 두고 새벽까지 수시로 들여다본다면 다른 상대가 생겼을 가능성이 60% 이상이라고 봐야 돼요. 도대체 뭘 그리 열심히 보나 해서 남편 휴대폰을 보려고 하니 없던 비밀번호나 패턴이 걸려 있다거나, 기존의 비밀번호와 패턴을 바꿔서 볼 수 없게 되었다면 이 가능성은 80%로 올라가요. 남편 휴대폰에 없던 비밀번호가 생겼다면 이미 상당히 진도가 나갔을 가능성이 높고요. 가족들과 같이 있는 밤시간에 전화를 받고 방에 들어가거나 베란다에 나간다면 거의 90%라고 봐야 됩니다. 연애감정이라는 게 속성상 연애상대와의 끊임없는 감정교류이기 때문에, 대화를 나눌 수 있는 휴대폰에서 가장 먼저 티가 나는 것이죠.

두 번째 징후는 주말 외출이나 밤늦게 들어오는 거예요. 남편들은 대개 회사일이다, 회식이다 핑계를 대는데, 주의해서 보면 차이가 있어요. 주말에 회사일로 나가는데 유난히 옷에 신경을 쓰거나 향수를 뿌리고 간다면 회사일은 아닌 거죠. 그리고 요즘은 회식을 늦게까지 하지 않는 분위기라서, 회식이라고 하면서 새벽에 들어오는 일이 잦다면 이것도 심상치 않은 징후인 거죠. 확인하고 싶다면 집에 들어오는 남편하고 시선을 맞춰보세요. 외도하는 남편들은 대개 아내의 눈을 똑바로 보지 못하고 시선을 다른 곳으로 돌리거나 다른 방이나 욕실로 도망을 가게 되거든요.

세 번째 징후는 평소 안 그러던 사람이 감정기복이 심해져 자주 짜증이나 화를 내거나, 집안일에 관심이 없고 종종 멍한 상태에 빠져요. 보통 드라마를 보면 외도를 하는 남편들이 아내의 눈치를 살피면서 아내에게 잘해준다고 하는데, 실제 상황은 이것과 반대인 경우가 많아요. 집 밖에서 외도 상대랑 있을 때는 연애감정이 주는 비현실적인 행복감에 젖어 있다가 집에 들어와서 현실과 맞닥뜨리면, 자신의 현실생활이 구차하고 누추해 보이고 외도상태에서 누린 행복감이 깨진다는 느낌을 받는 경우가 많아요. 그러면 자신의 행복감이 깨지는 것이 싫기 때문에 짜증이 늘고 화를 자주 내는 것 같더라고요. "당신은 옷이 그게 뭐냐", "아이 낳고 살쪄서 보기 싫다" 등등 아내의 외모에 대한 지적질을 하는 것도 같은 맥락이고요.

네 번째 징후는 갑자기 얼토당토않은 이유로 너 때문에 내가 불행해서 못 살겠으니 이혼해 달라고 하는 거예요. 이혼하자고 하면서 이유를 대는데 누가 봐도 이혼할 만한 이유가 안 되는 것들이에요. 너희 어머니 때문에 너랑 못 살겠으니 이혼하자는 남편이 있었는데, 나중에 알고 보니 외도 상대하고 결혼하려는 생각이었더라고요. 이렇게 말도 안 되는 트집을 잡으면서 이혼 요구를 하는 상태까지 왔다면 외도 상대하고 결혼하려는 구체적인 계획까지 있는 경우가 많습니다. 이런 경우 사실 부부관계가 회복되기는 어렵다고 봐야 해요.

선생님의 경우에는 이런 4가지 징후 중에 첫째, 둘째 징후가 나타나고 있는 거지요. 제가 보기에는 외도 상대가 있는 건 거의 확실해 보이긴 하네요. 남편이 바람피우는 게 확실하다는 걸 전제로 선생님의 행동방향을 정하셔야겠어요. 하지만 셋째, 넷째 징후까지

나타나지 않았다면 아직은 돌이킬 여지가 있다고 생각해요. 배우자
의 외도는 곧 이혼이라고 성급한 결론을 내리지 마시고 신중하게
이 위기를 넘기도록 노력해 보자고요. 구체적 행동수칙은 다음 장
에서 말씀드릴게요.

배우자가 외도 때
기억해야 할 '금기사항'

☐ Yes
☐ No
☑ Hold

\# 외도는 결혼생활에서 겪는 고비 중 하나 \# 기울어진 균형

Q. 변호사 님 말씀을 들으니 남편이 바람을 피우고 있는 건 확실하네요. 어제도 밤 12시 넘어 들어왔는데 제 시선을 피하면서 작은 방으로 가서 혼자 자더라고요. 아이가 이제 겨우 돌인데, 아이 아빠란 사람이 어떻게 바람을 피울 수가 있을까요?

이렇게 한심하고 비열한 남자인 줄 알았으면 결혼 안 했을 거예요. 저는 아이 임신한 때부터 지금까지 낳고 키우느라 힘들어 죽을 지경인데, 남편은 이런 저와 아이는 팽개치고 다른 여자와 바람이나 피우고 있다니 화가 나서 도저히 참을 수가 없어요. 부모님들께 이 사실을 알려서 남편을 단단히 혼내주면 정신을 차릴까요? 하루에도 열두 번씩 이혼하고 싶은데, 이혼하고 저 혼자 아이를 키울 생각을 하면 눈앞이 아득해서 망설여져요.

A 아이가 돌인데 아이 아빠가 바람을 피우다니, 얼마나 화가 날지 충분히 이해가 돼요. 하지만 남편에게 분노를 터뜨리기 전에 먼저 상황을 객관적으로 이해해 보려는 노력을 해보면 어떨까요? 분노를 터뜨리는 건 그후에도 얼마든지 할 수 있으니까요.

일단 아이 출산을 즈음해서 부부관계가 멀어지는 경우가 드문 일은 아니란 걸 얘기해 주고 싶어요. 이혼상담을 해보면 아이를 낳고 난 후부터 각방을 써왔다는 부부, 아내가 임신 중일 때 남편이 다른 여자와 외도했다는 부부들이 그렇게 드물지 않거든요. 아내가 임신 중에 남편이 다른 여자를 만나서 "아내가 아이 낳고 나면 이혼하겠다, 너랑 결혼하자"고 약속한 남편도 보았어요. 다시 말하면 아내의 임신, 출산 중 남편의 외도는 다른 부부들도 겪는, 결혼생활의 고비 중 하나라는 걸 알 필요가 있어요.

심리학자와 상담가들에 따르면 임신과 출산을 계기로 부부관계가 소원해지는 건 남편이 임신으로 시작되는 새로운 관계에 익숙해지지 못하기 때문이라고 해요. 임신을 하면 아내의 관심은 온통 아이에게만 쏠리게 되고, 출산을 하면 아내는 모든 에너지를 양육에 쓰게 되는데, 이 과정에서 남편은 소외감을 느껴요. 얼마 전까지만 해도 내가 아내의 관심과 애정을 독차지했는데, 이젠 아내의 관심권 밖으로 밀려난 것이거든요. 좀 과장해서 말하면 엄마의 사랑을 새로 태어난 둘째아이에게 뺏긴 첫째아이의 심경과 비슷하다고 할 수 있어요. 남편은 자기도 모르게 예전과 같은 애정을 받고 싶어해서 그걸 줄 수 있는 새로운 상대에게 빠질 수 있어요.

아내의 입장에서는 '나는 자기 아이를 낳고 키우느라 그렇게 고생을 했는데 어찌 그리 무책임한 행동을 할 수가 있나?' 하면서 분노하게 되죠. 피상적으로 생각하기엔 아내의 임신, 출산, 육아의 과정에서 남편이 아이의 아빠가 되었다는 데 엄청난 기쁨을 느끼면서 헌신적인 아빠가 될 것 같지만, 현실은 그렇지 않은 경우도 많습니다. 아직까지 우리 현실에서는 임신-출산-육아의 과정에서 아내가 주연이고 남편은 기껏해야 조연, 심하게는 단역에 불과하다는 점을 기억하시기 바라요.

선생님과 같은 상황에서 분노를 터뜨리면서 이혼하겠다는 사람들도 많지만, 그외 다른 중대한 문제가 없다면 저는 아직 성급하다고 생각해요. 선생님의 상황은 결혼생활에서 겪어야 하는 수많은 고비 중 첫 단계에 불과하거든요. 저는 되도록이면 문제를 표면으로 떠올리지 말고 남편이 새로운 가족관계와 자기역할에 익숙해질 수 있는 시간을 주길 권하고 싶어요. 알아서 관계를 정리하고 아이와 아내 옆으로 돌아올 때까지 좀 기다려주는 거지요.

화를 내면서 추궁하는 건 가능한 피하시는 게 좋아요. 많은 사람들이 철저하게 응징해야 다시 안 하지 않겠냐고 생각하는데, 이런 대처법은 제 경험으로 보면 후유증이 큽니다. 보통 아내들은 외도를 들킨 남편들이 언제까지나 잘못했다고 싹싹 빌면서 아내의 눈치를 볼 거라고 생각하는데(제 생각으로 이건 TV 드라마의 영향인 것 같아요), 실제론 그렇지 않습니다. 외도를 들킨 쪽이 상대방에 대해서 '내가 잘못했고 배우자에게 정말 미안하다'는 감정이 유지되는 기간은 보통 2~3개월 정도인 것 같아요. 처음엔 용서해 달라고 빌던 남편들도 이 기간이 지나도 아내가 추궁을 계속하면 "또 그 얘기냐? 그럼 어떻게 하라는 거냐?" 하면서 버럭 화내는 경우가 많아요. 결국 큰 싸움으로 이어지고 나중에는 외도 자체보다는 외도를 추궁하는 과정에서 입은 감정적 상처 때문에 이혼할 수도 있다는 점을 기억하셔야 합니다.

부모님과 시부모님께 알려서 자신 대신 남편을 혼내주게 하고 싶다는 생각도 많이들 하는데, 이건 진짜 위험한 방법이에요. 배우자의 부모는 결코 내 부모가 될 수 없다는 것, 팔은 안으로 굽는다는 것을 절대로 잊으면 안 돼요. 시부모님이 내가 원하는 만큼 남편을 야단치지 않는 경우가 많고, 도리어 '네가 잘 못 하니까 바람피우는 것 아니냐?'면서 며느리 탓을 하는 경우가 적지 않더라고요. 결국 남편과 시부모님 양쪽에서 상처받은 아내가 자기 부모님께 하소연을 해서 양가 부모님의 싸움으로 번지게 되지요. 여기까지 진행되면 부부와 양가의 관계는 수습 불가능한 국면으로 치닫고 자신의 의도와는 상관없이 이혼으로 가는 길에 이르지요.

여기까지 얘기하면 '결론적으론 내가 참아야 한다는 얘기구나. 잘못은 남편이 했는데 왜 내가 참아야 하나?' 하고 억울한 감정이 들 거예요. 하지만 결혼은 드넓은 바다에 띄운 배에 부부가 같이 타서 평생 항해를 하는 것과 같습니다. 무사히 목적지에 가려면 항해 기술을 배워야죠. 내 생각대로만 하다간 언제든 배가 뒤집힐 수 있어요. 아직 배가 뒤집히기 전이라면 일단 배 안에서 균형을 잡으면서 항해를 계속해 보세요. 이 선택이 배를 버리고 뛰어내리는 것보다 생존가능성이 높지 않을까요? 도저히 못 참겠다면 어떻게 할지는 다음 장에서 말씀드릴게요.

외도 증거 수집은
이렇게 하세요

☐ Yes

☐ No

☑ Hold

\# 모바일 메신저 \# 블랙박스 \# 전화번호 \# 녹음

Q. 남편의 외도에 대해 가능한 참아보라는 변호사 님의 충고에 따라 티 안 내고 조용히 지내려고 노력하는 중이에요. 혹시라도 나중에 후회하게 될까봐 예전과 똑같이 밥 차려주고 와이셔츠도 다려주면서 지내고 있어요. 그런데 어젯밤 작은 방에서 남편이 통화하는 소리를 우연히 들었는데 "조금만 기다려. 내가 다 해결할 거야. 아이 엄마한테 얘기하고 정리할 거야"라고 하는 거예요. 남편이 그 여자에게 저와 이혼할 테니 결혼하자고 하고 있나 봐요. 이쯤 되면 더이상 참기만 해선 안 되겠죠? 아직 이혼까지 할 건지는 망설여지지만 저도 만일의 사태를 대비하려면 뭔가 해야 할 것 같은데, 그저 막막하기만 해요. 뭘 어떻게 해야 하는지 알려주세요.

A 가슴이 덜컥 내려앉으셨겠네요. 그렇더라도 아직 완전히 포기하진 마세요. 바람피우는 남편들 중 많은 사람들이 자기 아내와 이혼할 생각은 없으면서도 외도 상대방한테는 '이혼할 테니 결혼하자'며 사탕발림을 하거든요. 그렇게 해야 외도 상대방을 자기 옆에 붙잡아놓을 수 있기 때문이에요. 심지어 외도를 이유로 이혼소송을 당한 남편이 아내에게는 외도녀와 정리할 테니 용서해 달라고 하고, 동시에 외도녀에게는 아내와 이혼할 테니 결혼하자고 얘기하는 경우도 몇 차례 보았어요. 하지만 정작 외도녀와 결혼하려는 목적만으로 아내와 이혼하는 사람은 제 경험으로는 그리 많지 않아요. 외도는 잠시 꾸는 달콤한 꿈이고, 결혼생활은 현실이거든요. 꿈을 위해서 현실을 버릴 수 있는 경우는 많지 않더라고요.

그렇다고 조용히 참기만 할 때는 아닌 것 같네요. 어쩌면 이혼이 현실로 될지도 모르니까 대비를 해두어야겠어요. 조용히 지내면서 티 안 나게 남편의 외도를 입증할 수 있는 증거를 수집하는 거예요. 만약 소송을 한다면 수집한 증거들은 소송자료로 필요하고, 소송을 하지 않더라도 부모님을 비롯한 주위 사람들에게 이혼하게 된 원인을 설명하는 데 필요할 수 있어요. 외도로 이혼하는 사람들이 자기 외도 얘기는 쏙 빼놓고 배우자의 문제 때문에 이혼했다고 주위 사람들에게 거짓말을 하기 때문에 이런 얘기를 전해듣고 억울해하는 경우를 많이 보았거든요.

남편과 외도녀와의 관계를 증명할 수 있는 영상, 사진, 대화녹음, 메일, 휴대폰 문자내용 등이 소송에서 증거로 쓰일 수 있어요. 요즘은 이런 내용들을 대부분 카카오톡, 텔레그램과 같은 모바일 메신저와 메일로 교환하기 때문에 남편 휴대폰의 모바일 메신저와 메일함을 먼저 살펴보는 게 좋겠어요. 남편의 모바일 메신저와 메일함에서 외도와 관련 있는 내용을 발견하면 사진을 찍어두고 잘 보관해 두세요. 어떤 사람들은 외도 상대방과 나눈 대화를 그때그때 휴대폰에서 지우기도 하는데, 휴대폰 기록을 복원해 주는 업체들에 휴대폰을 가져가서 수수료를 주면 휴대폰에서 삭제된 기록을 어느 정도는 복원할 수 있다고 해요.

그리고 휴대폰 통화내역도 살펴보세요. 만약 이른 아침이나 저녁, 늦은 밤시간에 반복적으로 통화한 사람이 있다면 그 사람이 외도 상대방일 가능성이 높아요. 휴대폰에 저장된 이름이 여자가 아니더라도 전화번호를 기록해 두세요. 외도하는 사람들이 상대방 이름을 전혀 다른 이름으로 저장하는 경우가 꽤 있거든요. 예를 들어 외도녀를 '김철수' 같은 남자이름이나, 'ㅇㅇ산업' 같은 회사이름으로 저장해 두는 거지요. 외도 상대방으로 추측되는 사람의 전화번호를 알아두면 나중에 소송을 할 때 도움이 됩니다.

이혼소송을 하면 법원을 통해서 남편의 통화기록을 조회할 수 있는데, 6개월~1년 정도의 통화와 문자 수신, 발신 내역(수발신 시각, 통화시간, 상대방 전화번호)을 확인할 수 있어요. 가끔 문자내용도 볼 수 있냐고 물어보시는데, 문자내용은 안 나오고 수발신 내역만 나와요. 예전에는 통화기록 조회가 중요했는데, 최근에는 통화기록을 통해서 알아낼 수 있는 것이 상대적으로 적어졌어요. 요즘은 통화나 문자보다는 카카오톡 같은 모바일 메신저를 주로 쓰기 때문에, 통신사에 기록이 남는 통화나 문자가 별로 없거든요. 법원을 통해서 모바일 메신저 회사들에 조회를 신청해도 자료를 제출하지 않기 때문에, 카카오톡 같은 모바일 메신저로 주고받은 내용은 직접 확보해야만 합니다.

남편 차량에 블랙박스가 달려 있다면 이것도 한 번 점검해 보세요. 외도녀를 차에 태운 기록이 있을 수 있거든요. 녹음이 되는 블랙박스의 경우에는 두 사람이 나눈 대화내용도 얻을 수 있어요. 요즘은 차량 블랙박스 기록이 자주 제출되는 증거자료 중 하나입니다.

이외에도 사람을 시켜서 미행하거나 차량에 녹음기를 설치하는 경우도 간혹 있고요. 이런 방법들은 나중에 형사적인 문제가 될 소지가 있어요. 물론 앞에 언급한 다른 방법들 중 법원을 통한 조회를 제외하면 남편의 사생활을 침해하는 것들이라 남편이 고소할 경우 벌금을 낼 수도 있으니 이 점도 염두에 두시는 게 좋겠어요.

일단 조용히 증거를 수집하면서 추이를 지켜보세요. 그 증거들을 쓸 일이 없기를 바라지만, 인생이 꼭 자기가 바라는 대로 되는 건 아니니까요. 소송진행과 관련된 다른 사항들은 차차 말씀드리도록 할게요.

외도가 원인인 이혼소송의 기술

⚖️

남편의 외도를 이유로 이혼소송을 제기할 때요, 저는 절대 티 내지 말고 증거부터 수집하라고 조언합니다. 그렇게 모은 증거들을 아껴두었다가 빵-하고 터뜨릴 때가 있어요. 이런 소송의 기술을 사용하는 사례는 주로 남편이 정말 가부장적인 성격을 가진 경우, 아내를 바보 등신으로 알고 살아와서 이 여자가 아무것도 못 할 줄로만 알고 있었던 경우예요.

이런 성격의 남편들은 아내의 소장을 받으면 '상대방이 10배는 더 잘못했네'라는 내용의 답변서를 내며 자기는 잘못이 하나도 없다고 큰소리를 치죠. 그럴 때 적나라한 외도 증거를 딱 제시하면, 정말 남편의 기가 폭 죽는 게 보입니다. 동시에 소송의 주도권도 자연스럽게 아내 쪽으로 넘어오고요.

(아, 고소하다.)

최근에 진행했던 사건이었죠. 남편은 부잣집 외동아들이었고, 우리 의뢰인은 남편보다 나이도 한참 어려 시댁과 남편의 기에 눌려 살아왔어요. 임신과 출산, 시댁과의 합가까지, 모든 것이 시댁과 남편의 일방적인 결정대로 진행되었지요. 의뢰인은 이 결혼이 잘못되었다는 것을 진작에 알고 있었어요. 그러나 시댁이 워낙 기세등등하니 이혼이 안 되는 것이 아닐까, 애들을 남편에게 빼앗기고 보지도 못하는 것이 아닐까 하는 걱정에 참고만 살았어요. 그러다 우연히 남편의 휴대폰을 보게된 거예요. 남편의 휴대폰에는 7명의 여자와 나눈 문자대화 내역이 있었고, 그 중 3명은 지금까지도 연락을 주고받고 있었어요. 그리고 그 중 한 명과는 그 여자의 나체 사진까지 전송받으며 음담패설을 나누고 있었죠. 그걸 본 의뢰인이 어땠냐고요? 배신감을 느꼈을까요? 아니오. 이미 남편과 오만정이 떨어졌거든요. 의뢰인은 이제 이혼할 수 있다며 뛸 듯이 기뻐하며 사무실에 달려왔어요.

전 의뢰인이 가져온 증거들을 잘 숨기고 있다가 결정적인 순간에 터뜨려, '난 잘못이 없으니 이혼을 안 한다'라고 부르짖던 남편의 코를 납작하게 눌러줬습니다. 의뢰인의 이혼청구는 받아들여졌고, 지금 아이들을 모두 데려와서 잘 키우고 계시죠 (남편이 부자라 양육비도 많이 받았어요).

저는 의뢰인이 남편의 불륜증거를 가져오지 못했다 해도, 결국 이혼도 성사되고 아이들도 데려왔을 거라고 생각해요. 하지만 남편이 이혼을 거부할 것이라 지치는 싸움이 되었겠죠(시댁 가풍이 우리 집안에 이혼은 없다랍니다!). 차분하게 증거를 잘 모아서 가져오신 우리 의뢰인, 사랑합니다. 행복하세요!

도대체 '위자료'는
왜 이리 적은 걸까요?

☑ Yes
☐ No
☐ Hold

정신적 고통에 해당하는 손해배상 # 3년 차 전업주부

Q. 남편의 바람 때문에 고민이 많은 결혼 3년 차 주부예요. 돌이 갓 지난 아이를 키우고 있고요. 남편이 바람피우는 걸 알고 '조금 저러다 마음이 돌아오겠지.' 하는 생각으로 지금까지 티 내지 않고 기다려온 지 몇 달이 지났어요. 하지만 남편이 변할 기미가 안 보이고, 며칠 전에는 아무런 연락도 없이 외박까지 했어요. 저도 계속 이렇게 살 수는 없을 것 같아서 이혼해야겠다 싶어요. 그런데 제 친구가 말하길 이혼하면 위자료 2,000만 원밖에 못 받을 거라는 거예요. 이건 정말 말도 안 돼요. 2,000만 원 받아서 저와 아기가 어떻게 살 수 있겠어요? 남편 바람 때문에 제 인생이 망가졌으니까 남편이 저의 평생을 보상해 줘야 하는 것 아닌가요? 도대체 위자료는 왜 이렇게 적은 건가요?

A 그러게요. 저도 그동안 변호사 일을 해오면서 늘 같은 질문을 한답니다. 도대체 우리나라 법원에서 인정해 주는 이혼 위자료는 왜 이렇게 적은 걸까? 선생님처럼 아이가 어린 젊은 엄마가 이혼할 때 법원이 인정해 주는 위자료가 2,000만~3,000만 원을 넘기가 어렵거든요.

전에 선생님과 비슷한 경우를 소송한 적이 있었어요. 그 사건도 결혼한 지 2~3년 정도 된 부부였는데, 아내가 임신했을 때부터 남편에게 다른 여자가 있었던 것 같아요. 남편이 아내의 임신을 기뻐하지도 않고 임신중독으로 입원했는데 병원에 별로 와보지도 않았대요. 출산 후에 부기가 안 빠진 아내한테 얼굴이 부어서 괴물 같다고 가시 박힌 말을 하더니 아이가 돌이 될 즈음 집을 나가 연락을 끊어버렸어요. 아이 엄마는 1년 넘게 남편이 돌아오기를 기다리다 지쳐 이혼소송을 했는데, 그 사건 판결에서 나온 위자료가 1,000만 원이었어요. 당사자가 아닌 저도 기가 막히고 화가 나더라고요.

20년 이상 결혼생활 동안 남편한테 얻어맞고 욕설을 들으면서 살았던 분들도 위자료가 5,000만 원인 경우가 드물어요. 20년 넘게 고통에 시달린 대가 치고는 너무 적은 거예요. 의사 남편이 병원의 젊은 간호사와 외도해서 아내가 간호사를 상대로 위자료 청구를 한 사건이 있었는데, 그 사건에서 인정된 위자료는 500만 원밖에 안 되더라고요. 바람피운 증거가 차량 블랙박스 녹음밖에 없어서 그랬던 것 같긴 한데, 그렇더라도 500만 원은 좀 너무 했다 싶었어요.

우리 법원이 이혼 위자료를 이렇게 적게 인정하는 이유는 위자료는 '정신적 고통'에만 해당하는 손해배상이라고 보기 때문이에요. 사람들은 보통 '위자료'라고 하면 이혼할 때 받은 재산 전체를 떠올리는데, 법적인 개념의 위자료는 상대방의 잘못으로 내가 겪은 정신적 고통에 대한 배상만을 가리키는 거예요. 그러니까 이혼 후 생활대책은 결혼생활 기간 중 축적한 재산을 분할받아서 해결하고, 위자료는 위로금 정도로만 생각하라는 것이 법원의 입장이라고 이해하시면 돼요.

하지만 결혼한 지 얼마 안 되는 아이엄마들한테는 정말 가혹한 위자료라는 생각이 들 때가 많아요. 결혼기간이 오랜 분들은 어쨌든 그동안 같이 모은 재산이 있기 때문에 재산분할을 받아서 어느 정도 생활기반을 마련할 수 있지만, 결혼기간이 짧은 경우에는 같이 모은 재산이 없으니 재산분할로 받을 수 있는 것도 별로 없거든요. 아이엄마가 아이를 키우는 경우에는 좀더 참작을 해주는 경향이 있긴 하지만, 그래도 재산분할 받아서 엄마가 아이를 키울 수 있는 기반을 마련하기는 거의 불가능하다고 봐야 해요.

이렇다 보니 젊은 아이엄마들은 정말 난감한 처지에 놓이는 경우가 많아요. 이혼을 하면서 남편한테 받을 수 있는 건 얼마 안 되고, 아이를 키워야 하니 직장을 다니기도 어렵고, 새로 일자리를 찾아도 결혼 전에 받던 월급만큼 받기가 어려운 것이 현실이니까요. 결국 아이와 함께 친정에 돌아가서 친정부모님과 함께 아이를 키우는 쪽으로 정리가 될 수밖에 없어요. 아이아빠가 져야 할 육아의 책임을 아이엄마의 친정부모님이 대신 지게 되는 거지요.

제 생각으로야 엄마가 어린아이 때문에 본격적으로 경제활동을 할 수 없는 경우만이라도 위자료나 재산분할에서 이 점을 적극적으로 반영해 아이 키우는 엄마의 생계대책을 마련해 줘야 하는 것 아닌가 싶긴 해요. 문제는 법원이 아직까지 그런 과감한 판결을 내리지는 않는다는 거예요. 요즘은 가끔 일반적인 기준을 훨씬 뛰어넘는 위자료 판결을 하는 경우가 있긴 하지만요.

선생님의 질문에 희망적인 답변을 못 드리는 게 안타깝네요. 선생님이 이혼할 경우에 남편이 알아서 돈을 준다면 모를까, 법원 판결로 받을 수 있는 위자료와 재산분할은 결코 선생님의 기대에 못 미칠 거예요. 이런 점을 고려해서 결정을 내리시길….

아내와 놀아난
그 남자를 혼내주고 싶어요!

위자료 소송 # 외도 상대방 # 효과 없음

☐ Yes

☐ No

☑ Hold

Q. 아내가 다른 남자와 바람피웠다는 걸 몇 달 전에 우연히 알게 됐습니다. 채팅하다 만나기 시작했다고 하더라구요. 저한테는 친구와 놀러 간다고 했는데 알고 보니 그 남자와 펜션을 예약해 1박2일 여행을 갔고, 회식으로 늦는다고 했는데 알고 보니 그 남자와 같이 있다가 늦은 거였습니다. 아내의 외도를 알고 나서 정말 괴로운 시간을 보냈습니다. 몇 달간 먹지도 자지도 못해 체중이 13kg이나 빠질 정도로 힘들었습니다. 아내는 잠깐의 실수라고 용서해 달라고 계속 빌고 있습니다. 과연 제가 아내를 용서할 수 있을지 아직 자신은 없지만 다섯 살인 아들이 마음에 걸려 어떻게든 넘겨보려고 무진 애를 쓰고 있습니다.

하지만 아내와 놀아난 그 남자는 어떻게든 혼내주고 싶습니다. 직업이 공무원이라고 하는데, 직장에 불륜 사실을 알리면 당연히 공직에서 잘리겠지요? 청사 앞에 가서 1인 시위라도 하고 싶은 심정입니다. 위자료 청구도 할 수 있다는데, 위자료는 얼마나 받을 수 있을까요? 제가 겪은 심적 고통을 보상받을 수 있을 만큼 가능한 많이 받고 싶습니다.

A 배우자의 불륜을 알게 된 많은 분들이 저에게 같은 질문을 합니다. '아이들을 생각해 내 아내는 용서하기로 했다. 하지만 내 아내와 놀아난 그 남자는 용서 못 한다. 그 남자만 응징하고 싶은데 방법이 뭐냐'고 묻는 분들, 적지 않습니다.

그런 분들에게 저는 이렇게 말씀드리곤 했습니다. 기왕 아내를 용서하기로 결정했다면 그 남자에 대해 복수하겠다는 생각도 저버리는 게 어떠냐고요. 제가 그렇게 말씀드리는 이유는 배우자의 외도 상대방에게 복수하겠다면서 위자료 소송을 하게 되면 결국 배우자와도 이혼하는 경우를 많이 봤기 때문이에요.

처음엔 그 남자만 혼내줘야지 하는 생각으로 소송을 시작하지만, 소송을 진행하는 과정에서 잊기로 했던 배신감과 분노가 되살

아나 꾹꾹 눌러뒀던 화가 폭발하게 되더라고요. 그 남자한테 위자료 청구만 하면 '내가 잘못했다, 한 번만 용서해 달라'고 벌벌 떨면서 읍소할 줄 알았는데, 정작 소송을 해보니 상대방의 반응은 내 생각과 전혀 다르거든요. 잘못을 빌기는커녕, '몇 번 만나긴 했지만 불륜은 아니다', '친구일 뿐'이라고 관계 자체를 부인하고, 적반하장 식으로 '저쪽(아내)에서 먼저 유혹해 관계를 가진 것'이라는 경우도 종종 있어요.

재판에서는 피고가 부인할 경우 원고가 피고의 잘못에 대한 증거를 제출해야 하니까 결국은 용서하기로 했던 아내에게 불륜관계에 대해 구체적으로 서술하고 증거를 내놓으라고 닦달하게 되지요. 아내가 자신이 원하는 만큼 소송에 협조하지 않으면 '그 남자에 대한 마음이 아직도 남은 것 아니냐'는 의심이 뭉게뭉게 일어나면서 계속 추궁을 하게 되고요. 추궁 과정에서 격분해 폭언을 퍼붓고 폭행을 하게 되면 부부 사이는 돌아올 수 없는 다리를 건너고 맙니다.

잘못을 했으니 내 분풀이를 조용히 당하고 있어야 마땅하다고 생각하기 쉬운데, 아무리 내가 잘못했더라도 계속해서 폭언, 폭행을 당하거나 추궁을 당하면 그런 상황을 끝까지 참을 수 있는 사람은 없다는 점 꼭 기억해 두시길 바라요. 배우자의 불륜사건을 겪은 분들이 공통적으로 하는 얘기가 있는데, '나는 배우자의 불륜 때문에 미칠 것같이 괴로운데, 정작 불륜을 저지른 당사자는 별로 미안해하는 것 같지 않다'는 겁니다. 나는 평생 회복 안 될 것 같은 마음의 상처를 입었는데 상대방이 미안해하는 기간은 너무 짧다고 해요. 불륜사건이 있은 지 몇 달만 지나면 '또 그 얘기냐, 그럼 어쩌라는 거냐'면서 도리어 화를 내기 일쑤래요.

위기를 넘기려면 지난 일은 완전히 덮어야 한다는 것, 응징에 착수하게 되면 그때부터 상황이 나의 본래 의도와는 무관한 방향으로 흘러갈 가능성이 아주 높다는 것을 기억하시길 바랍니다. 그래도 꼭 뭔가 응징하길 원하신다면, 그와 관련된 주의사항은 다음 장에서 말씀드리도록 할게요.

이혼의 '이유'가 잘 정리된 사람

⚖️

짧지 않은 시간 동안 가사사건을 담당해 오면서 많은 분들을 만나 인생의 중요한 고비에서 함께 울고 웃었어요. TV 드라마보다 훨씬 더 드라마 같은 사연을 가진 분들이 많았지만, 그 중에서도 유독 기억에 남는 분들이 있습니다. 예전에 이혼소송을 진행했던 B씨가 그분들 중 한 분이에요.

B씨는 처녀 적에 아이가 있는 이혼남을 만나 사랑에 빠져 결혼했어요. 결혼을 하고 나서 시어머니를 모시고 남편의 딸을 키우면서 살다가, 아들을 낳았습니다. 남편은 결혼 후 몇 년 정도 직장을 다니다가 그만두더니 그후 돈을 벌어오지 않았습니다. B씨는 경제적으로 무능한 남편 대신 장사를 해서 남편과 남편의 딸, 시어머니, 아들을 10년 가까이 먹여살렸어요.

남편은 나름대로 사업을 해본다고 하기는 했으나, 설사 버는 돈이 있다 해도 B씨에게 주지 않았어요. 결혼생활 10년이 넘어가던 해에 B씨는 남편에게 자신이 모르는 저축이 있다는 걸 알게 되었어요. 남편에게 얼마간 수입이 있었는데도 남편은 생활비를 전혀 내지 않았던 거죠. 뿐만 아니라 남편이 사업을 핑계로 중국에 가서 외도를 했다는 사실도 알게 되었어요. B씨는 마침내 이혼을 결심하고 제 사무실로 찾아왔습니다.

돈 안 버는 남편과 남편의 가족을 10년씩 부양하고 남편의 딸까지 키워주었는데 남편이 외도까지 했다면 누가 봐도 최악의 상황이 아닐 수 없었죠. '내 어쩌다 그런 남자랑 결혼해서 인생 망쳤을까' 하는 푸념이 나올 법한 상황인데, 놀랍게도 B씨는 쾌활했어요. "그거 다 내가 좋아서 한 고생이에요. 내가 좋아서 한 건데 누굴 원망하겠어요? 나 할 만큼 다 했으니까 후회 없어요." 남편이 부부의 유일한 재산인 아파트를 나눠주지 않으려 해서 소송을 할 뿐, 그녀는 남편에 대한 미움도 원망도 없었어요.

나는 그 사건에서 B씨의 기여 정도를 생각하여 아파트 가액의 70%를 청구했지만, 소송과정에서 B씨는 "난 앞으로 더 벌면 되지만 남편은 나이가 많아 돈 벌기가 쉽지 않을 것이니 나머지는 남편에게 주겠다"고 하여 남편이 아파트 처분대금의 1/3 정도를 B씨에게 주는 내용으로 수월하게 조정이 성립되었습니다.

소송이 끝난 후 B씨를 다시 만나지는 못했지만, 분명 그녀는 밝고 행복하게 잘 살고 있을 것 같아요. 지금까지 많은 사람들을 만났지만 그녀처럼 만남과 헤어짐을 멋지게 마무리하는 사람은 별로 보지 못했어요. 어려운 선택이었지만 자신이 선택한 것이니 최선을 다했고, 최선을 다한 만큼 후회나 미련이 없다는 그녀는 참 자유로워 보였습니다.

많이 바뀌었다고는 하지만 여전히 우리 사회에는 이혼한 사람에게는 뭔가 문제가 있을 것이라는, 색안경을 쓰고 보는 시선이 존재합니다. 이혼 후 계속해서 부딪치게 될 이런 시선을 당당하게 받아내려면 이혼을 선택하는 이유를 자기에게 분명히 설명할 수 있어야 합니다. 경험적으로 보면 이혼의 이유가 잘 정리된 분들은 이혼 절차가 끝나면 급속하게 이혼 전의 생활과 결별하면서 새로운 생활에 적응해 갑니다. 이혼신고 후 몇 달 만에 '언제 남편과 살았는지 생각이 안 난다'는 분들도 보았어요.

이혼을 염두에 두고 이 글을 보는 분들은 이혼의 이유를 잘 이해하고 있는지, 최선을 다했다고 자부할 수 있는지 점검해 보시길 바랍니다. 만약 이 질문에 분명한 답이 나오지 않으면 좀 힘들어도 자기 안에서 답이 분명해질 때까지 기다려보길 권하고 싶어요.

아내와 바람난 상대남,
직장에 알릴 때 주의사항

☐ Yes
☑ No
☐ Hold

불륜사실 공표 # 사생활 # 명예훼손법

Q. 위기를 넘기려면 지난 일은 다 덮으라는 변호사 님 충고를 듣고 고민을 많이 했습니다. 어린 아들을 생각하면 지나간 일은 잊고 아내를 용서하는 게 백번 옳은 선택이라는 건 알겠습니다. 하지만 제가 정말 그렇게 할 수 있을지는 아직 자신이 없어요. 일 때문에 바쁜 시간에는 잊을 수 있지만 조금이라도 여유가 생기면 바로 아내와 그 남자에 대한 분노가 치밀어 도저히 견딜 수가 없습니다.

아내 얼굴을 보면 저도 모르게 화를 내게 될까봐 일을 핑계로 매일 야근하고 주말에도 집 밖으로 나와버립니다. 어린 아들 앞에서 싸우는 모습을 보이지는 말아야겠다 싶어서요. 이 괴로운 상태에서 벗어나려면 얼마나 더 시간이 흘러야 하는지 답답하기만 합니다. 아무래도 저는 지난 일을 덮을 수 있을 정도의 포용력이 없는 것 같습니다. 그 남자를 응징하지 않으면 견딜 수 없을 것 같아요. 그 남자를 사회적으로 매장시키고 싶어요.

A 잊으라고, 참으라고 권하면서 제 마음도 편치 않았습니다. 믿었던 아내의 불륜이 가져다준 고통, 충분히 이해해요. 배우자의 불륜이 남긴 충격을 극복하는 데는 아주 오랜 시간이 걸리거든요. 사실은, 일단 배우자의 부정행위를 알게 되면 부부관계는 아무리 시간이 지나도 그전으로 회복되지는 않는다고 보아야 합니다. 남녀간의 애정은 한 번 깨지면 다시 되돌릴 수 없는 유리그릇 같은 것이거든요. 이혼하지 않는다 하더라도 냉전 상태의 동거일 뿐인 거죠. 선생님의 아내가 실수를 저지르기 전에 이 사실을 분명히 알았더라면 얼마나 좋았을까요? 안타까운 마음을 금할 수가 없네요. 그래도 아이 앞에서 화를 내지 않기 위해서 무진 애를 쓰고 계신 점, 정말 훌륭합니다. 그 정도만 해도 최선을 다하고 계신 겁니다.

아내의 상대남을 사회적으로 매장시키고 싶다고 하셨는데, 만약 그렇게 하려면 상당한 주의를 요합니다. 상대남의 불륜사실을 직장에 알릴 경우 선생님이 명예훼손으로 처벌받을 수 있기 때문이에요. '사실을 말하는데 무슨 명예훼손이냐, 거짓말을 해야 명예훼손이 되는 거 아니냐'고 오해하는 분들이 많은데, 사실을 말해도 명예훼손은 성립합니다. 거짓말일 경우에는 처벌이 더 중할 뿐입니다.

중요한 것은 알리는 방법이에요. 우리나라 법원은 '불특정 또는 다수인이 인식할 수 있는 상태'가 있으면 명예훼손죄가 성립하고, 한 사람이 들어도 '전파할 가능성'이 있으면 명예훼손죄가 성립한다고 봅니다. 그러니 만약 선생님이 상대남의 직장에 가서 불륜사실을 큰 소리로 떠들거나 제3자가 볼 수 있는 공간(인터넷 포함)에 글을 게시한다면 명예훼손으로 처벌받게 됩니다. 하지만 상대방이 근무하는 학교의 학교법인 이사장 앞으로 진정서를 제출한 경우나, 가족에게 알린 경우에는 전파할 가능성을 인정하지 않은 판례가 있으니 이 판례를 참고하세요.

'불륜 사실을 직장에 알린다고 해도 설마 나를 명예훼손으로 고소하겠어?' 하는 생각을 한다면 이 점은 분명히 인지하셔야 합니다. 남녀간의 애정에 대한 세상의 기준은 많이 변했고 자신의 권리와 사생활보호에 대한 기준도 아주 높아졌거든요. 불륜사실을 직장이나 제3자에게 알려서 명예훼손 고소를 당하는 경우가 요즘은 드물지 않습니다. '내 잘못 때문'이라며 가만히 당하고 있던 시대는 지나갔다고 보셔야 합니다.

이 모든 변화가 사생활과 사회생활을 분명히 구별하는 현대의 사고방식 때문이에요. 개인의 애정문제는 사생활이고, 사생활이 특별히 사회생활에 영향을 미치지 않는 한 개인의 애정문제로 그 사람의 사회생활까지 판단하지 않겠다는 흐름이 강세라고 보셔야 합니다. 불륜사실을 직장에 알리면 당연히 해고될 거라고 생각하신다면 전 그렇지 않을 수도 있다고 말씀드리고 싶어요. 불륜을 저지른 공무원에 대한 해임은 지나치다는 법원 판결이 나온 적이 있거든요. 공무원이 유부녀와 관계를 갖고 유부녀의 남편이 진정을 했던 사건이었어요. 다른 직업보다 도덕적인 기준이 높다고 여겨지는 공무원이 이 정도이니 사기업들은 더 말할 필요가 없겠지요. 간통죄 폐지 전에는 간통죄 처벌을 이유로 한 해고가 무효라는 판결도 여러 차례 나온 적이 있습니다.

만약 명예훼손으로 처벌을 받는다면 벌금형이 될 가능성이 큽니다. 아주 심한 경우가 아니라면 구속되거나 실형을 받진 않아요. 벌금액수는 상황에 따라 달라지니까 일률적으로 말씀드리긴 어렵습니다. 다만, 상대남이 선생님의 명예훼손 행위로 자신이 손해를 입

었을 경우에는 선생님을 상대로 손해배상 청구를 할 수 있다는 점
도 기억해야 합니다. 여기까지 말씀드리고 나니 다시 한 번 잊어버
리는게 낫겠다 싶어요. 아내의 상대남을 응징한들 선생님 자신에게
무슨 이득이 있겠어요? 그런다고 선생님과 아내의 관계가 다시 옛
날로 돌아가는 것도 아니잖아요.

바람으로 가정파탄,
불륜남한테 위자료라도
받고 싶어요

☑ Yes
☐ No
☐ Hold

각서 # 공동불법행위 # 부진정연대채무

Q. 아내의 불륜으로 6개월 전 이혼한 사람입니다. 아내가 배드민턴 동호회에 가입한 지 두어 달 지나면서부터 집에 늦게 들어오더니 가끔 외박까지 하는 것이었습니다. 외박을 하는 이유를 캐물으면 아내는 동호회원들끼리 술을 마시다 늦어졌다면서 얼버무렸습니다.

뭔가 이상해 회사를 가는 척하고 아내를 미행했는데 아내는 집을 나가 어떤 차에 탔고, 이 차는 한강둔치로 가서 주차를 했습니다. 한동안 아무도 나오지 않아 참다 못한 제가 차량문을 열어보니 아내가 배드민턴 동호회의 한 남자와 같이 있는 것이었습니다. 아내가 운동 파트너라면서 소개시켰던 그 사람이었습니다. 그 자리

••••

에서 저는 그 남자한테 아내와의 불륜관계를 시인하는 각서를 받았습니다. 그 사건 후 도저히 아내와는 더 살 수 없어서 협의이혼을 하고 총재산 5억 원 중 2억 원을 아내가 갖고 10살 난 딸을 키우기로 하면서 그 외 재산분할이나 위자료 청구는 하지 않는다는 합의서를 썼습니다.

이혼하고 나니 제가 당한 것이 너무 억울했어요. 늦었지만, 그 남자한테 위자료라도 받아야겠다 싶습니다. 위자료가 많지 않다는 얘기는 들었지만 돈 때문에 하는 건 아니니까 액수는 상관없습니다. 그런데 위자료 소송을 하려고 알아보던 중에 아내한테 위자료 받기를 포기했으면 그 남자에게도 못 받는다는 얘기를 들었습니다. 이 얘기가 사실인가요? 만약 정말 그렇다면 아내와 놀아난 그 남자는 제 가정을 파탄시키고도 아무런 책임도 지지 않나요? 억울해서 견딜 수가 없습니다.

A 그럴 리가 있겠어요? 각서까지 있는데 불륜남한테 위자료를 못 받으면 누가 봐도 이상한 거지요. 잘못한 사람은 당연히 책임을 져야 하는 거고, 법은 도와줘야 마땅하죠. 아주 가끔씩 예외가 있긴 하지만 법은 사람들이 일반적으로 정의라고 생각하는 바가 실현되도록 논리를 만듭니다. 불륜남한테 위자료를 못 받는다는 얘기를 한 사람은 법을 자세히 몰라서 오해를 한 것

인데, 이 부분의 법논리가 약간 복잡해서 충분히 오해를 할 수 있어요.

우리 민법에서 고의 또는 과실로 타인에게 손해를 끼치는 행위를 '불법행위'라고 합니다. 손해는 물질적인 손해만이 아니라 정신적인 손해도 포함되고, 불법행위를 두 사람 이상이 같이 하면 '공동불법행위'라고 해요. 질문자께서 아내와 불륜남은 불륜관계라는 잘못된 행위를 해서 정신적 고통을 줬으니 아내와 불륜남은 공동불법행위를 한 것이에요.

우리 법은 공동불법행위자들의 책임을 '부진정(不眞正) 연대채무'로 보고 있어요. 진짜 연대채무는 아니지만, 연대채무랑 비슷하다는 거지요. 연대채무가 뭔지는 잘 아시지요? 두 사람 이상이 각각 독립해서 똑같은 내용의 채무를 이행하는 책임을 지는 것이에요. 예컨대 두 사람의 연대채무자가 1,000만 원을 갚기로 했으면 채권자는 1,000만 원을 다 받을 때까지 두 사람 중 누구에게라도 돈을 달라고 할 권리를 갖게 되지요.

연대채무와 부진정연대채무는 채무자 중 누구든지 변제를 하거나 이와 유사한 행위를 해서 채무를 이행하면 모든 채무자의 채무가 소멸되는 점은 같아요. 다른 점은 연대채무는 연대채무를 성립시킬 때 채무자들의 합의가 있는데, 부진정연대채무는 채무자 간의 합의가 없는 상태에서 우연히 발생하는 것이고, 따라서 채무자 한 사람한테 생긴 사유가 다른 채무자들한테 영향을 미치지 않는다고 보는 것이에요.

아내에게 위자료 안 받기로 했으면 불륜남한테도 못 받는다고 설명한 사람은 바로 이 부분을 오해했어요. 선생님이 아내한테 위자료를 안 받기로 한 것은 법률적으로는 채무를 '면제'해 준 것인데, 채무면제의 경우 연대채무와 부진정연대채무의 효과가 다르다는 점을 몰랐던 거예요. 연대채무자 중 한 사람에게 채무를 면제해 주면 모든 연대채무자의 채무가 소멸하지만 부진정연대채무자 중 한 사람에게 채무면제 의사표시를 해도 그 효력은 그 채무자한테만 미치고, 다른 채무자들에게는 미치지 않거든요. 쉽게 말하면 질문자께서 부진정연대채무자 중 한 사람인 아내에게 위자료를 안 받기로 했다고 하더라도, 그건 아내한테만 안 받기로 한 것이고, 다른 부진정연대채무자인 불륜남한테는 여전히 받을 권리가 있는 거예요. 이젠 좀 안심이 되시나요?

억지 결혼,
놓여날 방법은 정말 없나요?

유책 배우자의 이혼청구 # 애정과 의무

☐ Yes

☐ No

☑ Hold

Q. 4년 전 집사람과 크게 싸우고 집에서 쫓겨나 지금까지 혼자 살고 있는 40대 후반의 가장입니다. 집을 나오게 된 원인은 제가 다른 여자를 만나는 것을 집사람에게 들켰기 때문입니다. 어떻게 알게 됐는지는 모르지만 집사람이 저와 그 여자가 식사하는 자리에 와서 난동을 피웠고, 집으로 끌려가서 집사람이 아이들 앞에서 '너희 아빠 바람피웠으니 벌을 받아야 한다'며 저를 무릎 꿇게 하고 새벽까지 때리고 꼬집더니 나가라고 했습니다. 바람피운 건 잘못이지만, 그렇다고 아이들 앞에서 아빠인 저를 완전히 깔아뭉개는 것까지는 참을 수 없어 새벽에 맨손으로 집을 나왔습니다.

변명 같지만 제가 다른 여자를 만났던 건 결혼 초부터 집사람과의 관계가 좋지 않았기 때문입니다. 어릴 때 부모님이 이혼하고 새어머니 밑에서 힘들었던 저는 착한 여자를 만나 행복한 가정을 꾸리는 게 꿈이었습니다. 집사람이 그런 여자인 줄 알고 결혼했는데 막상 결혼하고 보니 제 예상과는 완전히 달랐습니다. 제 부모님이 이혼한 것은 저희 집안이 '더러운 핏줄'이기 때문이라며 아내는 명절이나 부모님 생신, 모든 경조사에 한 번도 가지 않았습니다. 저희 아버님이 암수술로 석 달간 입원했을 때도 병원에 딱 한 번 가서 잠깐 있다 돌아온 게 전부이고, 심지어 저희 새어머니가 돌아가셨을 때도 오지 않았습니다.

결혼 후 5년 안에 두 아이가 태어났는데 둘째 아이를 낳은 후부터는 부부관계를 거부해 집 나올 때까지 10년 이상 방을 따로 썼습니다. 처음에는 싸우기도 하고 달래기도 해봤지만 집사람은 요지부동이었습니다. 그저 아이들이 어리니 아이들 클 때까지 내 인생은 포기하자는 마음으로 살았습니다. 그런 제 앞에 상냥하고 친절한 그 여자가 나타나 저도 모르게 빠져들게 됐습니다.

집을 나온 후 적당히 기회를 봐서 집으로 들어가려고 했는데, 집사람이 제가 집에 돌아오는 것을 원하지 않았습니다. 처음에는 아이들을 보러 이따끔 집에 가곤 했는데 그때마다 현관문 비밀번호가 바뀌어 있고, 집에 들어가면 집사람은 제가 갈 때까지 방에서 나오지 않았습니다. 지난 4년간 제가 어디서 사는지 밥은 먹고 다니는지 단 한 번도 묻지 않으면서 계속 돈을 달라는 문자만 보내옵니다. 송금이 좀 늦으면 중고등학생인 아이들을 시켜 '그 여자 줄 돈은 있고 우리 줄 돈은 없냐. 돈 안 주면 회사로 쳐들어가겠다'는 문자를 보냅니다. 집사람과 아이들에게 저는 돈벌어 주는 기계일 뿐입니다.

이런 시간이 길어지다 보니 저도 이제 해방되고 싶습니다. 집사람만 생각해도 혈압이 오르고 심장이 아파와서 도저히 같이 살 수 없고 집사람도 저와 같이 살기는 원하지 않습니다. 이렇게 살 거면 이혼하자고 해보았는데 '누구 좋으라고 이혼하느냐'며 이혼은 절대 안 된다고 합니다. 제가 알아보니 저처럼 외도한 사람이 이혼소송을 내면 유책 배우자의 이혼청구라 이혼이 안 된다고 합니다. 4년 전 잠시 외도한 것 때문에 제가 평생 이 불행한 결혼에서 놓여날 수 없는 건가요? 저의 잘못된 인생을 지금부터라도 고쳐보고 싶습니다.

A 두 분의 잘못된 인연을 도대체 어디서부터 어떻게 풀어야 할까요? 행복한 가정을 꾸리는 게 꿈이었다는 선생님

의 말씀에 마음이 아픕니다.

　일단 두 분의 관계가 정상적인 부부로 돌아갈 수 없다는 건 분명해 보이네요. 집 나온 지 4년이 지났고, 돈 달라는 문자 외에 다른 교류는 전혀 없고, 집 나오기 전부터 잠자리를 10년 이상 하지 않았고 집안 경조사에도 일체 참석하지 않았다면 그 누구도 선생님 부부의 관계가 좋아질 거라고 하지는 못하겠지요. 가장 좋은 방법은 선생님과 아내가 협의해 이혼을 하는 건데, 질문 내용으로 봐선 두 분의 감정상태가 극히 나빠 협의를 하시긴 어려울 것 같습니다.

　그렇다면 이혼소송을 통해 부부관계를 정리하는 방법밖에는 없는데, 이건 참 만만치 않은 과정일 것 같습니다. 선생님이 집을 나온 시점에 외도한 사실이 있기 때문에 이혼소송을 할 경우 유책 배우자의 이혼청구라고 볼 가능성이 큽니다. 이렇게 말씀드리면 선생님께서는 혼인관계 파탄의 책임이 잠시 외도한 나한테만 있는 거냐, 결혼 후 나와 내 부모형제를 쭉 무시하고 냉대한 아내한테도 있는 것 아니냐고 항변하시고 싶으실 거예요. 그 말씀도 맞긴 하지만, 그런 사정은 법원에 증거로 설명하기는 참 어려워요. 외부적으로만 보면 두 분이 별거하게 된 계기가 선생님의 외도 때문이니 유책 배우자는 선생님이라고 보게 될 겁니다.

유책 배우자의 이혼청구는 배우자가 오기나 보복하는 감정에서 이혼을 거부하는 경우가 아니면 기각한다는 것이 우리 법원의 전통적인 원칙인데, 이 원칙에 대해 2015년 대법원에서 아주 유명한 판결이 나왔어요. 그 판결은 유책 배우자의 이혼청구는 기각하는 게 원칙이지만, 세 가지 예외가 있다고 해요. 원문 표현은 좀 복잡하고 정교하지만 단순화하면 △ 상대방 배우자도 이혼을 원하거나 △ 파탄 후 배우자와 자녀들 부양을 소홀히 하지 않았거나 △ 파탄 후 오랜 세월이 흘러 파탄의 고통이 다 잊혀진 경우 등에는 이혼판결을 해준다는 겁니다.

이 대법원 판결 후 하급심 법원에서 후속 판결들이 나오고 있는데, 비슷해 보이는 사건이라도 구체적인 사정에 따라 결과가 달라지는 것 같아요. 아내가 뇌출혈로 쓰러진 후 아내를 돌보지 않고 8년간 별거한 남편의 이혼청구는 받아들여졌는데, 집을 나간 지 15년 된 남편이 뇌졸중에 걸린 아내를 상대로 낸 이혼청구는 기각되었거든요.

2015년 대법원 판결의 원칙을 현실에 적용시키고 있는 중인데, 제가 보기엔 배우자와 자녀들에 대한 부양이 제대로 이뤄졌느냐, 이혼할 경우 배우자의 생활대책이 있느냐가 판결에 중요한 영향을 미치는 것 같습니다.

　문제는 선생님이 아내를 상대로 이혼청구를 하면 어떻게 될 것인가인데요. 선생님 아내가 "누구 좋으라고 이혼해 주냐"고 했다면 오기로 이혼을 거부하는 경우라고 주장할 수는 있지만 이걸 증거로 증명하긴 쉽지 않을 거예요. 그렇다면 2015년 대법원 판결에서 언급한 세 가지 예외에 들어갈 수 있느냐인데 이것도 쉽지는 않아 보이네요.

　세 가지 예외에 해당한다고 해서 이혼판결이 나온 경우들은 파탄 후 오랜 시일이 흐르고 자녀들이 성인이 된 경우이고, 선생님 사안처럼 미성년 자녀가 있는 경우는 아직 없거든요. 그동안 제가 재판해 본 경험으로는 선생님 사안처럼 전업주부이거나 경제적 능력이 거의 없는 엄마가 어린아이들을 키우고 있는 경우에는 파탄 기간이 오래됐다고 하더라도 이혼판결이 나기는 어렵습니다. 어찌 됐든 결혼이라는 끈으로 묶어놔야 아이들 양육비를 주지 않겠냐는 생각이 깔려 있는 것이지요.

　선생님께서는 두 가지 선택지가 있어요. 첫째는 이혼판결이 안 날 가능성은 있지만 일단 소송을 통해 소송과정에서 아내와 협의

이혼하는 길이에요. 절대 안 될 거라고 생각하시겠지만 사람 마음은 상황에 따라 바뀌는 거니까 한 번 시도해 볼 가치는 있다고 봐요. 다만 소송에서 아내와 아이들의 생활보장을 위해 상당한 재산상 양보를 각오하셔야겠지요.

둘째는 아이들이 성인이 될 때까지 기다려 이혼소송을 하는 방법이에요. 그렇게 하면 대법원 판결의 3가지 예외사항 적용을 받을 수 있을 것 같아요. 그러려면 아내와 아이들 양육비를 꾸준히 잘 주셔야 합니다. 나를 무시하고 냉대하는 아내와 아이들에게 힘들게 번 돈을 계속 줘야 하니 억울한 마음이 드실 거예요. 그래도 부양책임을 다하지 않으면 대법원 판결이 크게 바뀌지 않는 한 오랜 시간이 지나도 이혼판결을 받기는 어려울 것 같습니다. 애정은 사라져도 의무는 남는 관계, 그게 가족관계입니다.

외도한 남편과
이혼만은 피하고 싶어요

☐ Yes

☑ No

☐ Hold

\# 유책 배우자의 이혼청구

Q 며칠 전 남편이 보낸 이혼소장을 받고 어찌 해야 할지 몰라 질문을 드립니다. 저희는 결혼 15년 차 부부인데, 남편은 성형외과를 운영하고 저는 결혼 후 전업주부로 살아왔어요. 살면서 이런저런 문제가 있긴 했지만 잘 넘겼는데 이번은 다른 것 같아요.

문제의 발단은 6개월 전 제가 우연히 남편이 운영하는 성형외과의 직원과 외도를 한다는 걸 발견한 것이에요. 외도 사실을 알기 얼마 전부터 갑자기 남편이 저에게 '그만 당신을 해방시켜 주고 싶다'고 하면서 이혼하는 게 어떠냐고 해서 약간 이상하다는 느낌을 받았는데, 알고 보니 남편이 젊은 여직원과 바람을 피우고 있었던 거예요. 남편은 저와 이혼하고 그 여직원이랑 재혼할 생각이었던 것 같아요.

남편의 외도를 알게 된 후 전 당연히 남편에게 어떻게 된 일이냐고 추궁하고 화를 내면서 몇 대 때리기도 하고, 늦게 들어오면 감시 전화도 많이 하고 그랬지요. 부부싸움도 많이 했고요. 저한테 외도를 들키고 나서 처음에는 남편이 잘못했다고 하고 다시는 안 만나겠다고도 했어요. 하지만 남편은 여전히 그 여직원과의 관계를 끊지 못하는 눈치여서 저는 궁여지책으로 그 여직원을 상대로 위자료 청구소송을 했어요. 그렇게라도 해서 남편을 가정으로 돌아오게 하고 싶었거든요. 그러자 남편은 그 소송을 취하하지 않으면 저한테 이혼소송을 하겠다고 하더라고요. 저는 설마 그 여직원 때문에 저한테 이혼소송을 할까 싶어서 못 들은 척했지요.

그랬는데 남편이 정말 저한테 이혼소장을 보낸 거예요. 소장에 자기가 바람피운 얘기는 쏙 빼고 제가 자기한테 화내고 폭행하고 자기 행동을 일일이 감시하는 의부증이 있어서 이혼청구를 한다고 썼더라고요. 남편이 이혼소장을 보낼 줄은 정말 꿈에도 생각 못 했어요. 적반하장도 유분수지 어떻게 이럴 수가 있을까요? 남편한테 이혼소장을 받고 기가 막히긴 하지만 그래도 전 아직 남편을 포기하고 싶진 않아요. 어떻게 해야 남편이 이혼소송을 포기하고 그 여직원과의 관계를 끊고 가정으로 돌아올 수 있을까요? 뭘 어떻게 해야 좋을지 모르겠어요.

A 많이 놀라셨겠어요. 세상에 어떻게 이런 일이 있을 수 있나 싶으셨겠죠. 하지만 선생님만의 불행은 아닙니다. 요즘엔 외도한 배우자가 먼저 이혼소송을 하는 일이 그리 드물지 않거든요. 간통죄가 폐지될 만큼 사회가 변하니까 그 안에 살고 있는 개인들도 그런 변화의 영향을 받더라고요. 외도한 당사자가 별로 잘못했다고 생각하지 않고 외도한 사람에 대한 사회적 비난의 강도도 많이 약해진 것 같아요. 전에는 배우자의 처분만 기다렸을 외도 당사자들이 '불행해서 못 살겠다'면서 먼저 이혼소장을 보내는 일이 비일비재합니다.

제 경험에 비추어보면 본인이 당사자가 되어 직접 이런 상황을 겪기 전까지는 이런 변화를 잘 모르고 살다가 갑자기 배우자의 이혼소장을 받고 일종의 '문화 충격'을 받아 우왕좌왕하는 분들이 많아요. 선생님도 그런 상황에 계시니까 우선 외도로 인한 이혼 과정 중에서 전형적으로 일어나는 일반인의 상식과는 다른 면들을 알려드릴게요.

첫째, 배우자의 외도 상대방에 대한 위자료 청구소송은 외도 당사자가 배우자를 상대로 이혼소송을 하는 것으로 연결되는 경우가 종종 있어요. 외도 상대방에 대한 위자료 청구를 하는 분들의 생각은 대체로 이래요. '가정을 지켜야 하니 내 남편은 용서해 주지만 그 여자는 혼내주고 싶다', '두 사람이 관계를 못 끊으니 소송이라도 해서 관계를 정리시키자'는 거지요. 하지만 위자료 청구 과정에서 부부관계가 회복되는 경우는 거의 없고, 오히려 부부관계를 악화시켜 이혼하는 경우가 많더라고요. 그래서 전 외도 상대방에 대한 위자료 청구소송을 해달라는 분들한테 그 결과 이혼하게 될 가능성이 높다는 점을 분명하게 인지시켜 드려요.

둘째, 선생님의 남편은 조만간 집을 나가고 생활비도 끊을 가능성이 있어요. 집을 나가는 이유는 한 집에 살면서 이혼소송을 하자니 심적으로 불편하고, 이혼소송 중 한 집에 살면서 '부부관계가 파탄나서 이혼해야 한다'는 주장을 하는 게 말이 안 되기 때문이에요. 생활비를 끊는 이유는 애정이 없는 아내에게 더이상 돈을 주기 싫고, 경제적 어려움을 주어 상대방에게 심적 부담을 가중시키고 싶기 때문이에요. '마음이 가는 곳에 돈이 간다'는 게 진리랍니다. 양심이 바른 분들은 집을 나가서도 생활비 혹은 (생활비보다는 적은) 양육비를 계속 주긴 하는데, 슬프게도 이런 분들이 그리 많지 않더라고요. 이런 사태에 어떻게 대비할 것인지 생각해 두셔야 해요.

셋째, 시부모님은 선생님께 도움이 되지 않을 거예요. 요즘 시부모님들이 대부분 '너희 부부의 일은 너희가 알아서 해라'는 무개입주의 태도를 취하시더라고요. 시부모님이 개입을 하신다고 해도 처음에는 바람피운 아들을 나무라고 며느리 편을 들지만, 시간이 흘러가면서 시부모님의 태도가 변할 가능성이 높습니다. 아들이 '외도는 별 문제가 아니다, 그동안 내 처가 나를 어떻게 대했는지 아느냐'면서 계속 배우자의 흉을 보면 시부모님의 생각은 아들 편으로 기울게 되어 있어요. 팔은 안으로 굽지 절대 밖으로 굽지 않아요. 그러니 시부모님을 움직여서 남편을 돌아오게 하겠다는 기대는 안 하시는 게 좋아요.

넷째, 슬프지만 일단 남편이 이혼소송까지 제기한 이상 선생님과 남편의 관계가 다시 옛날로 돌아가지 않는다는 사실을 말씀드릴 수밖에 없네요. 많은 분들이 초기에는 남편이 어느 순간 자기 잘못을 뉘우치면서 소송을 취하하고 가정으로 돌아와주지 않을까 하는 막연한 기대를 가져요. 텔레비전 드라마에 나오는 감동적인 회개와 재결합하는 장면인데, 안타깝지만 현실에서는 거의 찾기 힘들어요. 외도 후 관계를 회복하는 것은 부부 양쪽 모두 의지가 있어도 아주 어려운 과정인데, 외도 당사자가 작정하고 이혼청구까지 했으니 더 말할 나위가 없지요. 이혼소송에서 이혼 판결이 나지 않는 경우는 종종 있지만, 부부관계가 회복되는 경우는 거의 없습니다.

예전의 가정으로 돌아가고 싶은 선생님의 바람과는 반대되는 얘기들 뿐이네요. 좀 가혹하다 싶지만 이런 점들을 알려드리는 이유는 선생님이 처한 상황을 객관적으로 이해하고 지금부터 일어날 일들 때문에 너무 충격받지 마시란 뜻이에요. 그래야 이 힘든 과정을 잘 겪어내실 수 있을 테니까요. 이혼소송에 관한 구체적인 얘기는 다음장으로 넘길게요.

유책 배우자의
이혼청구는 기각된다(?)

가정법원 # 조정위원 # 부양료 청구

☐ Yes
☐ No
☑ Hold

Q 지난번 제 질문에 대한 변호사 님의 답변을 보고 마음이 많이 힘들었습니다. 잘못은 바람피운 남편이 한 거고 저는 그저 남편을 가정으로 돌아오게 하고 싶을 뿐인데 그게 정말 어렵다는 거군요.

남편은 변호사 님 답변대로 곧 집을 나갈 것 같아요. 매일같이 '너랑은 못 산다'면서 저만 보면 온갖 악담을 쏟아내고 있거든요. 더는 그 말에 상처받거나 화가 나진 않고 남편의 마음을 돌릴 수 없을 것 같아서 절망스러울 뿐이에요.

생각을 많이 해봤는데 그래도 저는 마지막 노력을 해보고 싶고 아직은 포기하고 싶지 않아요. 서류상으로라도 부부로 묶여 있어야 남편이 그 여자랑 헤어지면 가정으로 돌아오지 않을까요? 아이들한테도 아빠가 필요하고요. 그래서 저는 남편이 원하는 대로 이혼해 주지 않고 이혼소송에서 이기고 싶습니다. 제가 이기기 위해 알아야 할 건 뭔지 알려주세요.

A 방향을 결정하셨으니 선생님의 결정을 실행하는 데 도움이 될 조언을 몇 가지 드리겠습니다. 먼저 소송이 상당히 오래 걸릴 수도 있으니 오랜 기간 지치지 않도록 마음의 준비를 하시란 말씀을 드리고 싶네요. 제 경험으로 보면 이혼사건의 경우 법원은 가능한 판결을 하지 않고 조정으로 사건을 마무리하려고 합니다. 이혼을 하든 하지 않든 당사자간의 합의로 결론을 내는 게 후유증이 적다고 보는 거지요.

그래서 소송 진행과정에서 여러 차례 합의시도를 하는데 그러다 보면 시간이 많이 걸립니다. 이런 과정을 다 거쳐 끝까지 조정이 되지 않으면 그때 판결을 하는데, 가정법원의 판결을 받으려면 1년 이상 걸리는 경우도 적지 않아요. 하루빨리 결론을 내고 싶으시겠지만 판결까지는 오랜 시간이 걸리니 느긋하게 마음을 먹어야 합니다.

둘째, 소송 진행과정에서 법원의 조정위원이나 판사로부터 관계

회복이 불가능한 것 같으니 그만 정리를 하는 게 어떠냐는 권유를 받을 수 있으니 이 점을 기억해 두세요. 법원으로부터 이런 권유를 받으면 당사자들은 법원이 내 편을 들어주지 않는다고 굉장히 실망하거나 이혼하라는 판결이 나오는 건 아닌가 해서 걱정을 많이 하게 됩니다. 법원에서 이런 권유를 하는 이유는 부부관계의 회복이 어려운 걸로 보이는 경우에는 관계를 정리하고 각자 새로운 인생을 사는 게 낫지 않나 하는 것일 뿐이지, 특별히 남편의 편을 들기 때문은 아니니까 너무 걱정 안 하셔도 됩니다. 판결까지 가는 과정에서 거치는 통과의례일 뿐이니 지나치게 마음 쓰실 필요는 없습니다. 내가 이혼할 생각이 없다면 법원의 권유를 받아들이지 않으면 그만입니다.

셋째, 아직까지 우리나라 대법원은 유책 배우자의 이혼청구는 받아들이지 않는다는 입장을 취하고 있긴 합니다. 하지만 상대방이 부부관계를 회복할 생각은 안 하고 '누구 좋으라고 이혼해 주나'는 식의 오기와 보복하는 감정 때문에 이혼을 거부한다고 판단되는 경우에는 이혼판결을 할 수 있다는 입장입니다. 그러니까 오기나 보복하는 감정으로 이혼을 거부한다고 해석될 수 있는 언행은 되도록 안 해야 합니다. 소송과정에서 남편이 외도 때문에 이혼을 하려 한다는 점은 명확히 지적을 하되, 남편에 대한 전면적인 공격은 자제하시길 권합니다. '바람피운 거 말고도 문제가 정말 많은 사람이다'라는 식으로 남편을 공격하면 제3자는 '그렇다면 왜 그렇게 문제가 많은 사람과 이혼을 안 하려고 하냐. 다른 의도가 있는 건 아니냐' 하는 의문을 갖게 됩니다. 남편의 이혼청구를 기각하는 판결을 받으려면 분노는 잠시 접어두고 냉정을 유지하셔야 합니다.

넷째, 남편이 집을 나가고 생활비를 끊을 경우 부양료 청구를 하시면 최소생활비는 받을 수 있으니까 이 부분은 적극적으로 활용하세요. 유책 배우자가 제기한 이혼소송에서 법원이 가장 중요하게 생각하는 부분이 유책 배우자가 상대방 배우자와 자녀들에 대한 부양을 제대로 했느냐 하는 것입니다. 그러니까 선생님이 부양료 청구를 하면 남편은 소송에서 불리하지 않으려고 생활비를 줄 것입니다. 부양료 청구를 하면 남편의 마음을 돌리는 데 지장이 있지 않을까 해서 망설이는 분들이 많은데, 제가 보기엔 대세에 지장없습니다. 부양료 청구를 안 한다고 해서 남편의 마음이 돌아오지는 않더라고요. 하루이틀에 끝날 상황이 아니니까 받을 건 받도록 하세요.

'유책 배우자의 이혼청구는 기각된다'는 원칙이 말은 쉬운데 거기까지 이르는 과정에서 당사자의 마음고생은 참으로 만만치 않더라고요. 그 길이 생각보다 길고 험하니까 마음의 준비를 단단히 하셔야 합니다.

그리고 이혼청구를 기각한다고 해도 남편의 마음까지 돌릴 순 없다는 점을 미리 말씀드려요. 이제 선생님의 인생은 새로운 국면에 접어든 것이고, 다시 옛날로 돌아가긴 어렵다는 점 기억하시길 바랍니다. 정신적, 경제적인 독립이 필요하니 이제부터 그 계획을 세우고 실천하는 용기를 내시길 바랍니다.

••••

재판정에서 사나운 태도가 유리한가요?

⚖️

재판에서 종종 공격적인 사람을 상대방으로 만날 때가 있어요. 당사자야 자기 분을 못 이겨서 그렇다고 쳐도, 변호사가 감정이입하여 감정을 분출할 때는 꽤나 당혹스럽습니다. 의뢰인 입장에서는 자기 변호사가 재판에서 화를 내면 통쾌할 수 있을 것 같아요. 그럼 그 사나움이 재판에 유리할까요?

친한 판사 선배에게 물어본 적이 있어요. '재판 진행할 때 당사자나 대리인이 오래 화를 내며 말하고 시간 끌면 힘들지 않느냐'고. 그 대답은 '그런 사람일수록 중간에 말 자르면 편파 재판을 한다고 민원을 제기할 수 있으니 일단 참고 다 들어준다.'라는 거였어요. 재판 중 사나움을 표출하셨나요? 판사님이 경청하시는 것 같았다고요? 아마도 판사님이 들어주는 연기를 했을 가능성이 커요.

우리나라 법원에서는 서면 재판을 진행해요. 재판부마다 일주일에 하루를 정해 5분 단위로 시간을 잡아 수십 개의 재판을 진행하지요. 사실 판사님은 재판 기일에 당사자가 무슨 말을 했는지 기억하지 못할 때가 많아요. 선고를 내리기 위해서는 판사님이 그동안 제출된 문서를 보며 결론을 고민하죠. 판사 본인이 정말 궁금한 것은 재판 기일에 질문을 해요. 거기서 판사의 의중을 읽고 서면으로 잘 설명해야겠지요.

아, 적절한 사나움이 필요한 때도 있어요! 바로 증인신문과 조정기일입니다. 대화가 길어지면 흐름이 생기기 마련이고, 주도권이 상대방에게 넘어가지 않도록 적절히 커트를 해줘야 하거든요. 조정위원이 너무 상대방 편을 든다 싶으면 적당한 수준에서 거친 모습을 보여주기도 하고요. 재판 중의 사나움은 적절하게 이용해야 합니다.

환갑에도 바람피우는 남편,
어찌해야 할까요?

쾌락은 쾌락 # 습관적 외도

☐ Yes

☐ No

☑ Hold

Q 올해 제가 나이 60이 됐습니다. 다른 사람들 같으면 부부 간에 이런저런 고비 다 넘기고 조용히 살 나이지만, 저는 아직도 남편 때문에 속을 끓이면서 살고 있네요. 환갑이 넘어서도 잦아들 줄 모르는 남편의 바람기 때문이에요.

남편은 환갑을 넘긴 나이에도 늘 여자들에 대해 관심이 많습니다. 어쩌다 외식이라도 가면 다른 여자들을 쳐다보면서 예쁘다, 안 예쁘다고 품평을 하고 저한테도 "너도 저렇게 좀 꾸며봐라"며 타박을 하곤 합니다. 남편은 말만 하는 게 아니라 이 여자, 저 여자를 만나 계속 바람을 피우는데, 얼마 전에도 남편이 다른 여자와 호텔에서 나오는 것을 본 지인이 저한테 알려줘서 부부싸움을 크게 했습니다. 남편은 아니라고 오리발을 내밀었지만, 남편 책상에서 찾은 쪽지를 보니 만나는 여자가 5~6명은 족히 되는 것 같습니다. 양복 주머니에서 비아그라를 찾은 적도 많고요.

35년 전 제가 큰아이를 임신하고 있던 중 남편이 다른 여자를 만나다 들킨 것을 시작으로 지금까지 이렇게 살고 있는 겁니다. 그때 남편은 다시는 안 그런다고 했지만, 사업상 교제를 핑계로 매일 같이 밤늦게 들어오고 외박도 잦았습니다. 저는 뻔히 알면서도 모른 척할 때가 많았습니다. 남편 사업이 잘돼 생활비는 넉넉하게 주었는데, 그렇게 풍족하게 살다가 이혼하고 혼자 아이들을 키울 자신이 없었거든요.

나이가 들면 바람기도 잦아지겠지 하는 희망을 갖고 살았는데, 남편의 바람기는 나이가 들어서도 마찬가지예요. 이번에 크게 싸우면서 제가 한 번만 더 그러면 무조건 이혼할 거라고 했더니 남편도 이번엔 조심하는 눈치이긴 합니다. 주변 사람들은 그 나이에 이혼하면 뭐하냐고 그냥 남이라고 생각하고 살라는데, 저는 더이상 참을 수 없을 것 같아요. 이 나이에 이혼녀 소리 듣는 것도 무섭습니다. 어떻게 하면 좋을까요?

A 두 단계로 나눠 생각해 보지요. 1단계는 남편의 습관적인 외도가 고쳐질 수 있는 것인지에 대한 판단이고, 2단계는 만약 고칠 수 없다면 그런 남편과 같이 살 수 있을 것인지에 대한 판단입니다.

제 경험으로 본다면 외도는 크게 두 가지 유형으로 나뉘는 것 같습니다. 첫 번째 유형은(비록 사회적, 윤리적으로 용납되지는 않더라도) 상대와의 지속적이고 안정적인 애정을 추구하는 형입니다. 이들이 외도를 하는 이유는 배우자와의 관계가 악화되어 가정 내에서는 애정을 주고받고자 하는 욕구를 충족시킬 수 없기 때문입니다. 만약 배우자와의 애정관계가 회복될 수 있다면 이런 유형의 외도는 정리될 수 있습니다.

외도의 두 번째 유형은 일시적 습관적 외도입니다. 이런 유형은 대개 결혼 초기부터 외도가 시작되고 상대를 바꿔가면서 외도를 합니다. 외도를 하는 동기는 배우자 외 다른 이성에 대한 호기심과 육체적인 쾌락이기 때문에 그 이상의 감정적 교류를 원하지 않습니다. 의외로 이런 유형들은 본인이 잘 감추기만 하면 배우자와의 관계가 원만한 경우가 많습니다. 가정은 가정이고, 쾌락은 쾌락이기 때문에 이런 유형들의 머릿속에는 모순이 없고, 배우자와 외도 상대방이 양자택일의 관계가 아닌 것이지요. 천성적으로 배우자 한 사람과의 관계에 만족할 수 없는 심리적인 구조를 갖고 있는 경우가 많습니다. 이런 유형은 비슷한 유형의 외도가 반복되는데, 심각할 경우에는 평생 반복되기도 합니다. 고치기는 불가능하다고 봐야 해요.

선생님 남편의 경우 두 번째 유형에 해당되는 것 같네요. 두 번째 유형의 경우에는 다시는 그러지 않겠다고 약속해도 바람기가 고쳐지긴 어려울 것 같습니다. 많은 이성과 접촉하고 싶어하는 심리적인 구조를 바꾸지는 못한다고 봐야 합니다. 그러니 남편이 바뀔 거라는 기대는 완전히 접고, 남편이 계속 바람을 피울 거라는 전제 아래 결정을 내리시는 게 맞습니다.

선생님이 남편의 바람기에 무관심해질 수 있다면 결혼이라는 틀을 깨지 않는 편이 낫습니다. 무관심해질 수 없다면 계속 참으면서 살기보다는 이혼이나 별거가 나을 것입니다. 해결할 수 없다면 회피하는 것도 방법입니다.

어떻게 해야 좋을지 잘 모르겠거나 혼자 되는 것이 막연히 무섭다면 아직은 어떤 결정이든 내릴 때가 아닌 겁니다. 섣불리 결정을 내리지 말고 6개월 정도 기다려보는 것도 좋습니다.

가능하다면 남편과 별거 상태에서 시간을 보내는 것이 바람직합니다. 나를 화나게 하는 존재가 없는 상태가 되면 자신이 원하는 바를 알기가 쉬워지니까요. 일단 남편과 별거하면서 6개월 정도 자신이 원하는 바를 조용히 찾아보세요.

사업소득과 재산분할

⚖️

부부가 30년 이상 살고 난 후에는 재산이 50%씩 분할되는 경우가 많다고 하는데 요, 그게 항상 그런 것은 아닙니다. 예를 들어서요, 남편의 사업이 성공해서 재산이 수십억 원에 달하는 경우가 있을 수 있겠지요. 이는 보통의 사람이 평생 모아도 가 질 수 없는 큰 재산을 오롯이 남편의 사업적 수완으로 모아진 경우이죠. 이런 경우 까지 법원에서 똑 잘라 반을 아내에게 나눠줘라 하진 않아요. 구체적인 형평성을 고려한 결과겠지요.

옛날에는 이런 경우에 아내의 기여도가 30%도 평가받지 못하는 일이 많았습니 다. 그런데 요즘은 사업으로 형성된 재산에서도 아내의 기여도를 40% 정도 인정 하는 사례들이 나오고 있어요.

2년 전쯤, 우아해 보이는 사모님이 다급하게 사무실을 찾아오셨어요. 일주일 전쯤 지갑 하나 달랑 들고 도망치듯 집을 나왔다고 했죠. 남편은 밑바닥부터 자수성가 한 사업가였고, 많은 돈을 벌어 지금은 은퇴했다고 했고요. 문제는 남편이 집에서 변덕스러운 폭군으로 군림해 왔던 것이었어요. 남편은 기분이 나빠지면 소리를 지 르거나 손을 올리기도 일쑤였기 때문에, 밖에서 보기엔 우아한 사모님처럼 살아가 고 있는 것 같아도 집안에서는 늘 숨을 죽였다고 해요.

집에서 나오게 된 것도 고작 '반지' 하나 때문이라고 하는데요. 남편이 자신에게 알이 굵은 반지를 선물했고, 세공소에 세팅을 맡겨놓았던 상태였다는군요. 그런데 남편이 반지를 찾아오라고 시켰던 기한을 넘겼더니 "너에게 이렇게 비싼 선물을 했는데, 너는 찾아오는 일도 제대로 못 하느냐!"며 소리를 지르고 집안 물건을 내동댕이 치더랍니다. 아내는 지금 당장 찾아오겠다며 지갑을 들고 나왔고요, 그리고 다시 집으로 돌아가지 않은 것이죠. 정말 더이상은 이렇게 못 살겠더랍니다.

저는 의뢰인에게 재산분할이 최대 30%일 것이라고 설명했어요. 이 경우 지금까지 법원의 태도가 그러했으니까요. 그러나 막상 판결을 받아보자 재산분할 40%가 인정되었어요! 생각해 보면, 총 재산이 약 50억 원 정도로 100억 원에 육박하는 규모의 재산은 아니었던 점, 모든 재산이 혼인 이후 형성된 점 등이 고려된 것이 아닌가 싶어요.

조심스레 추측하면 재판 기간 내내 보여준 남편의 거칠고 뻔뻔한 태도도 재판부의 판단에 한몫한 게 아닌가 싶기도 하고요(남편은 재판과정에서 아내를 때린 점을 시인하면서도 "그럴 만해서 그랬다라"는 말을 직접 내뱉었거든요). 지금 의뢰인은 여생을 매우 행복하게 즐기고 계신답니다. 저도 말할 수 없이 기뻤지요!

part three

아무리 가족이라도
이건 너무 불공평해요

'이혼'했단 말에 속아 재혼, 저 어떡하죠?

중혼적 사실혼 # 혼인관계증명서 # 감금죄

Q 제 나이 올해로 63세인데, 이 나이에 사기결혼을 당해서 상담을 하게 될 줄은 정말 몰랐네요. 1년 전 재혼을 했는데 알고 보니 남편이 이혼을 안 한 상태인데다 의처증까지 있어요.

제 나이 마흔여섯 되던 해에 전 남편과 이혼을 하고 그후부터는 식당일, 파출부, 청소일을 하면서 혼자 살았습니다. 전 남편은 결혼 초부터 술만 마시면 돌변해서 욕하고 때리고 살림을 때려부쉈거든요. 걸핏하면 일 그만두고 생활비도 별로 안 줬고요. 아이가 다 크면 이혼한다고 마음에 새기고 살았지요. 아들이 커서 군대에 갈 무렵 그만큼 키웠으면 내 할 도리는 한 것 같아서 미련 없이 집을 나왔습니다.

괴롭히는 남편이 없이 혼자 사니 가진 것은 없어도 마음은 편하더라고요. 쭉 그렇게 살았는데 나이가 들어가니까 점점 기운이 떨어지고 여기저기 아픈 데도 생겨서 먹고살기가 어려웠습니다. 노후에 어찌 살아야 하나 답답하던 차에 제가 다니던 교회의 집사님이 좋은 사람이 있다고 소개를 해주셨습니다. 10여 년 전에 부인과 이혼하고 혼자 사는 남자인데 신앙심 좋고 재산도 있다더라고요. 만나보니 저를 마음에 들어하면서 같이 살아주면 조금 후에 혼인신고하고 제 노후를 책임져준다고 했습니다. 노후를 책임져준다고 하니 마다할 이유가 없어서 제 살림을 정리해서 남자 집으로 들어갔습니다.

그런데 10개월이 지나도 혼인신고를 안 해주고 자꾸 미뤄서 캐물었더니 그제서야 아이들 엄마와 서류정리가 안 되었다고 실토를 했습니다. 10여 년 전에 집 나와서 따로 살고 있는 건 맞지만 이혼은 아직 안 했다는 거예요. 저를 감쪽같이 속인 거였어요. 저는 남자가 혼인신고를 해준다고 했기 때문에 같이 살기 시작한 거지, 만약 이혼 안 했다는 걸 알았으면 절대 같이 살지 않았을 거예요.

제가 지금이라도 이혼을 하라고 하니까 애엄마가 이혼을 안 해준다네요. 제가 빨리 이혼을 하고 혼인신고를 해달라고 했지만 이 남자는 이혼할 생각이 없는 것 같아요. 이혼하면 재산분할을 해줘야 하니 그게 아까운 거지요. 이혼을 안 할 거라면 내 노후를 책임진다는 약속이라도 지켜라, 나 살 수 있게 전세보증금이라도 해달라고 했지만 이 남자는 지금까지 못 들은 체하고 있어요. 노후보장해 준다는 것도 거짓말이었던 거예요.

그게 전부가 아니에요. 같이 살아보니 이 남자가 의처증이 있는데 갈수록 심해지고 있어요. 제가 혼자 밖에 나갔다 오면 누굴 만나고 왔냐고 의심하면서 전화를 수십 통씩 해대고 갖은 욕을 퍼부어요. 얼마 전부터는 현관문에 자물통을 달아 채우고 그 열쇠를 자기가 보관하고 있어서 이 남자가 열어주지 않으면 저는 밖에 나갈 수가 없습니다. 게다가 제가 아래층 사람이랑 바람을 피우면서 자기를 죽이려고 한다고 헛소리까지 합니다. 처음에는 어쩌다 한마디씩 해서 그냥 넘겼는데 갈수록 헛소리하는 횟수가 많아지네요. 동네 사람들한테 들어보니 몇 년 전에도 다른 여자랑 살았는데 그 여자한테도 그래서 그 여자가 얼마 못 버티고 집을 나갔다는 거예요.

이 남자랑 같이 살다가는 무슨 일을 당할지 몰라서 무서운데, 돈이 없어서 집을 못 나가고 있어요. 알아보니 사실혼 관계라고 하더라도 헤어지게 되면 위자료와 재산분할 청구가 가능하다고 하던데,

어떻게 하면 보상을 받을 수 있을까요? 이 남자한테 속아서 농락당한 게 너무 분하고 억울합니다. 형사처벌을 받게 하고 저를 속인 데 대한 보상을 받고 싶습니다.

A 선생님, 정말 안타깝네요. 살림 합치기 전에 그 남자의 혼인관계증명서를 보여달라고 하셨어야 했어요. 혼인관계증명서 한 번만 보셨으면 이런 일은 없었을 텐데 말이죠. 결혼하기 전 상대방이 법적인 결혼을 할 수 있는 사람인가를 공적인 장부를 통해서 확인하는 절차가 꼭 필요한데, 우리나라 사람들은 그렇게 하는 사람이 드물지요. 상대방을 못 믿는 것 같아서 증명서 보자는 말을 꺼내기가 어려운가 봐요. 아무리 그래도 결혼은 인생의 중대사니까 확인할 건 꼼꼼히 확인해야 하는데, 그걸 안 하신 것이 이렇게 안타까운 상황이 되어버렸네요. 선생님처럼 배우자가 이혼이 안 된 상태에서 같이 산 것이라면 사실혼에서 인정되는 법률적인 보호를 받기가 상당히 어렵거든요.

사실혼이더라도 법률혼과 똑같이 사실혼 관계가 끝날 경우에는 위자료와 재산분할 청구가 인정되는 게 원칙이에요. 하지만 선생님 경우와 같이 사실혼 당사자 중 한 명이 법률상의 배우자가 있는 경우에는 '중혼(重婚)적 사실혼'이라고 해서 일반적인 사실혼과는 다르게 취급받습니다. 지금까지 나온 판결들을 살펴보면 중혼적 사실혼에서는 특별한 사정이 없는 한 사실혼 관계 해소에 따른 위자료와 재산분할 청구를 받아들이지 않는다는 입장을 고수합니다. 선생님의 경우처럼 사실혼 당사자의 별거기간이 긴 경우에도 역시 위자료와 재산분할 청구가 인정이 안 되고요. 이혼남이라는 남자의 거짓말에 속아서 중혼적 사실혼이 되어버린 선생님의 입장에서는 많이 억울한 얘기지요.

그렇다고 아주 방법이 없는 건 아니에요. 유부남이 이혼했다고 속이고 동거를 하자고 한 점에 대한 증거를 확보해서 민사상 위자료 청구소송을 할 수는 있습니다. 문제는 이런 위자료 청구소송을 한다고 해도 위자료 액수가 많지 않다는 거예요. 이혼사건의 경우 20년 정도 살아도 위자료 3,000만 원 넘기기가 어려우니까 선생님이 받을 수 있는 위자료는 그보다 훨씬 적을 걸로 짐작됩니다. 선생님이 속아서 동거하게 된 보상으로는 충분치 않을 거예요.

돈이 안 되면 형사처벌이라도 받게 할 수 있을까요? 아쉽게도 이혼남이라고 속이면서 결혼하자고 한 부분에 대해서는 형사처벌이 안 됩니다. 예전에는 이런 경우 '혼인빙자간음죄'로 처벌이 됐는데, 이 죄는 오래전에 폐지됐거든요.

하지만 현관문에 자물통을 채워서 선생님이 밖에 못 나가게 한 부분은 형사상 감금죄에 해당한 중대한 범죄입니다. 그래서 이 부분에 대한 증거(현관문에 자물통을 채운 사진과 이 사실을 인정하는 내용의 녹취 등)를 확보해서 사실혼 남편을 감금혐의로 형사고소할 수는 있습니다. 지금으로서는 감금혐의로 형사고소하는 것이 남편에 대한 가장 강력한 제재이고, 그 형사사건에서 합의금을 받는 방법이 가장 나아 보입니다.

마지막으로 한 가지 말씀드리고 싶은 것은 선생님 남편의 상태가 상당히 심각해 보인다는 거예요. 의처증뿐 아니라 망상장애 증상도 있는 것 같습니다. 이혼사건을 하다 보면 배우자가 제3자와 짜고 자기를 죽이려고 한다는 망상에 시달리는 사람들이 간혹 있는데, 선생님 남편도 그런 증세를 보이는 것 같아요. 그럴 경우에는 배우자가 아무리 그렇지 않다고 설득하고 변명해 봤자 아무 소용이 없어요. 병 때문에 그런 거니까요. 정신과에 가서 치료받고 약을 복용하면 어느 정도 진정되긴 하는데, 자기는 정상이라고 굳게 믿기 때문에 절대 병원에 안 갈 거예요. 이런 상태의 남편과 같은 집에 계속 사는 건 너무 위험하니 하루빨리 집을 나오시길 권하고 싶습니다. 형사고소와 위자료 청구는 집을 나온 후에 진행해도 되니까요. 피해보상도 중요하지만 목숨이 더 중요하지 않을까요?

솔직하게 말해주세요

⚖️

유책주의, 파탄주의, 많이 들어보셨죠?

결혼을 깨는 데 잘못한 사람이 이혼청구를 할 수 없다는 것이 유책주의이고요, 그럼 둘 다 잘못이 없을 때는 어떻게 될까요? 부부 모두 뚜렷한 잘못이 없는데 결혼생활은 애저녁에 끝난 것 같고 혼인이 파탄에 이르렀다면 이때도 이혼판결이 나올 수 있습니다. 단, 이혼을 원하는 사람이 혼인이 이미 파탄되었다는 사실을 잘 설명해야겠죠.

이혼소송을 하다 보면 법원도 상대방도 아닌, 우리 의뢰인이 불의의 타격을 받을 때가 있는데요. 이 혼인 파탄 입증 과정에서 그런 일이 발생하곤 합니다.

재작년쯤 어떤 할아버지가 이혼을 하고 싶다며 찾아오셨어요. 열심히 일해서 돈을 벌었지만 재산은 모두 처 명의로 되어 있고, 갖은 냉대에 더이상 견딜 수가 없다는 것이었어요. 할아버지는 재산을 찾아와 여생을 편하게 보내고 싶어했고, 처는 재산을 떼주기 싫으니 이혼은 싫다 하고 있었죠. 이미 별거도 1년 이상 되었다고 했고, 처음 시작할 때만 해도 전 이혼판결을 받을 거라고 생각했어요.

그런데 막상 소송이 진행되니 피고인 쪽에서 제출하는 따끈따끈한 '신상' 정보가 밀려 들어오더라고요. 할아버지는 처가 밉긴 하나 외로움을 참지 못하셨던 것이었어요. 이혼소송이 들어오니 이혼을 막으려고 처는 수시로 할아버지를 집으로 불러들였고, 사람이 고팠던 할아버지는 처가 부를 때마다 집으로 달려가 외견상 무척이나 화목한 가정을 연출하고 있었던 것이죠.

저는 피고 측에서 그러한 자료를 제출할 때까지 그런 사실을 까맣게 모르고 있었어요. 의뢰인인 할아버지가 일언반구 상의도 없었을 뿐더러 오히려 저에게는 처욕만 주구장창했거든요. 결국 이 사건은 이혼기각 패소판결로 마무리되었습니다.

하아, 저에게 조금이라도 언질을 주셨다면 이러한 결과는 막을 수 있었을 거예요. 변호사에게는 뭐든지 솔직히 말씀해 주시는 게 좋습니다. 그래야 문제상황을 예방도 하고 대비도 할 수 있고요. 솔직하게 말해주세요. 무슨 말을 해도 당신 편이라니까요! 변호사는 어떤 말을 하든 의뢰인을 질책하지 않습니다. 정말로요!

아들에게 집 넘기고
이혼하자는 남편

☐ Yes
☑ No
☐ Hold

\# 사해행위 취소권 \# 재혼·황혼 이혼

Q 올해 제 나이가 예순다섯입니다. 남편은 일흔셋이고요. 20여 년 전에 갑자기 제 아들의 아빠가 교통사고로 돌아갔고, 어린 아들과 살기가 막막했던 저는 얼마 뒤에 아들 하나를 둔 지금의 남편과 재혼했습니다. 재혼하기 전 집이 있다고 했는데 결혼하고 보니 아니었습니다. 재혼 후 남편 아들한테 구박받고 남편이 제 아들 주는 밥도 아까워해서 정말 힘들었지만, 이혼녀가 될 수는 없다는 생각에 꾹 참고 살았습니다.

남편은 생활비도 잘 주지 않았어요. 아들이 좀 크자 저는 빌딩 청소일을 시작해서 생활비를 벌고 돈을 모아서 남편이 가진 전세금과 합쳐 작은 집을 장만했습니다. 세월이 흘러 자식들을 출가시키고 홀가분하게 살아보려고 했는데 남편이 말썽입니다. 얼마 전부터 남편이 걸핏하면 화를 내고 저한테 '보기 싫다, 나가라'고 합니다. 치매 초기가 아닌가 싶어 병원에 데려가려고 하는데 영 말을 듣지 않더니 갑자기 제가 자기를 죽이려고 한다면서 저를 집에서 내쫓았습니다. 아들 집에서 좀 지내다 다시 들어가려고 했는데 아들이 집 등기부를 떼보더니 남편이 자기 아들한테 집 명의를 넘겼다는 것입니다.

남편이 그 집을 자기 아들에게 넘겼으니 이제 저는 그 집에 대한 권리가 전혀 없는 건가요? 그 집은 비록 명의는 남편으로 되어 있지만, 저도 오랫동안 청소일을 해서 생활비를 벌고 집 사는 데 보탰으니 저도 권리가 있다고 생각합니다. 저의 유일한 노후대책인 그 집을 찾을 수 있는 방법이 있을까요?

A 노후를 두 분이 의지하면서 사셔야 할 텐데 도대체 남편분이 왜 그러시는지 답답하기 그지없네요. 가장 좋은 방법은 남편과 남편 아들을 잘 설득해 집 명의를 다시 받고 두 분이 합치는 것이겠지요. 먼저 선생님과 남편, 두 아들이 같이 모여 해결방안을 의논해 보시지요. 여기서 해결이 되면 다행인데, 만약 그렇게 안 된다고 해도 좀 번거롭긴 하지만 법적인 방법을 통해

선생님의 몫을 찾을 수 있습니다.

결혼생활 기간에 아내도 돈을 벌어 생활비를 대고 집 사는 데 보탰으니 그 집은 명의는 남편 것이지만, 사실은 남편과 아내의 공동 재산으로 봐야 합니다. 결혼 기간에 부부가 같이 노력해 마련한 재산은 부부가 이혼하면 명의가 누구로 되어 있는가에 상관없이 분할해 나누도록 정해져 있습니다. 선생님도 이혼하면서 남편 명의 집에 대한 분할 청구할 권리가 있습니다.

그런데 선생님의 남편이 아내에게 재산을 나눠주지 않으려고 독단적으로 자기 아들한테 명의를 넘겼으니 일단 집 명의를 남편으로 돌려놔야 하는데, 이렇게 할 수 있는 권리가 '사해(詐害)행위 취소권'입니다. 사해행위는 남에게 갚아야 할 빚이 있는 사람이 빚을 갚지 않기 위해 제3자와 짜고 자기 재산을 제3자에게 넘겨버리는 행위를 말합니다.

이런 사해행위가 있으면 채권자는 아무 잘못 없이 돈을 못 받는 억울한 상황이 발생하기 때문에 법은 채권자에게 채무자가 제3자에게 재산을 넘긴 행위를 취소할 수 있는 권리를 보장해 주고 있는 것입니다. 부부가 이혼을 할 즈음이 되면 재산명의자가 배우자에게 재산을 주지 않기 위해 자기 가족에게 돌려놓는 일이 종종 일어나기 때문에 우리 법은 이혼소송과 사해행위 취소 소송을 한꺼번에 할 수 있도록 해주고 있습니다.

그러니까 선생님은 남편을 상대로 이혼소송을 하면서 남편이 자기 아들에게 집 명의를 넘긴 행위를 취소해 달라는 사해행위 취소 소송을 같이 하면 됩니다. 이 사건에서 남편이 아들에게 집을 넘긴 상황을 살펴보면 아내에게 재산을 안 주려고 넘겼다는 것이 누가 봐도 분명하기 때문에 집 명의가 다시 남편에게 돌아오기는 어렵지 않을 것입니다. 남편의 사해행위가 취소되면 아내가 20년 넘는 결혼생활 기간 일을 해서 생활비를 벌고 집 살 돈을 마련했으니 적어도 남편 명의 집의 절반은 분할받을 수 있을 것입니다.

두 분의 오랜 결혼생활이 이런 식으로 끝나게 되어 안타깝긴 하지만, 현재로선 이혼하고 재산분할을 받는 것이 최선의 선택인 것 같습니다. 분할받은 재산으로 노후를 편안하게 지내실 수 있기를 빕니다.

시동생들이 나서서
남편의 유산을 못 준다는데…

혼인신고 # 사실혼 # 재산분할 청구 # 3단 콤보

☐ Yes

☑ No

☐ Hold

Q. 시동생들 때문에 너무나 억울하고 분해서 견딜 수가 없어요. 저는 17년 전 제 나이 마흔다섯에 지금의 남편과 살게 됐습니다. 피차 두 번째 결혼이고 자식을 낳을 것도 아니라 혼인신고는 굳이 할 필요 없다 해서 하지 않았어요. 결혼한 후 남편과 저는 장사를 해서 돈을 좀 벌었습니다. 둘 다 자식이 없고 놀 줄 모르는 성격이라 오로지 일만 하고 살았더니 재산이 제법 모여서 아파트 한 채 장만하고 4억 원 정도 저축을 했습니다. 모두 남편 명의로 해두었고요.

그런데 몇 달 전 남편이 뇌졸중으로 쓰러져 지금은 의식이 거의 없는 상태입니다. 의사들 말로는 그 상태에서 오래 살기는 어려울 거라고 하네요. 남편이 그렇게 되니까 시동생들 태도가 싹 바뀌는데 정말 깜짝 놀랐어요. 전에는 저한테 "형수님"이라고 하더니 며칠 전에는 "혼인신고도 안 했는데 무슨 형수냐"라고 하는 거예요. 혼인신고를 안 했으니까 저는 남편 재산에 대한 권리가 전혀 없고 자식도 없으니까 남편 재산은 자기들 것이라고 그러더라고요.

제가 비록 혼인신고는 안 했지만 시댁 제사나 명절에 가서 제 할 도리는 모두 했고 집안 결혼식에도 갔습니다. 시동생들 형편이 어렵다고 돈 부쳐줄 땐 형수로 떠받들더니 남편 재산이 걸리니까 저를 완전히 무시하네요. 시동생들 말대로 혼인신고를 안 했으니 저는 남편 재산을 하나도 못 받는 건가요? 저와 남편이 힘들게 일해 번 돈인데 너무 억울합니다.

A 선생님이 힘들게 일해서 번 돈인데 당연히 받아야지요. 걱정하지 마세요. 혼인신고를 안 하셨기 때문에 현재로서는 시동생들이 법적인 상속인인 건 맞지만 그렇다 해도 선생님이 남편 재산을 받을 수 있는 방법은 있습니다.

첫 번째 방법은 남편을 상대로 사실혼 관계 종료로 인한 재산분할 청구를 하는 것입니다. 혼인신고는 안 했더라도 일반적인 부부와 똑같이 사는 것을 '사실혼'이라고 하는데 사실혼 관계에도 사실혼 기간 중에 같이 모은 재산을 분할해 달라고 청구할 수 있는 권리가 인정됩니다. 이혼할 때 재산분할을 하는 것과 똑같습니다. 선생님이 혼인신고는 안 했지만 17년간 같이 살았고 가족들 사이에서 부부로 사셨기 때문에 사실혼으로 인정받기는 어렵지 않습니다.

남편이 의식불명 상태라서 소송을 할 수 있느냐가 조금 문제이긴 한데, 사실혼 관계 당사자가 의식불명인 경우에도 재산분할 청구를 할 수 있다는 대법원 판결이 있으니까 이 부분도 괜찮을 걸로 보입니다.

선생님이 남편을 상대로 재산분할 청구를 하면 남편 명의로 되어 있는 재산을 분할받게 됩니다. 선생님이 남편과 오랜 기간 같이 살았고, 두 분이 같이 장사를 해서 모은 재산이니까 제 생각으로는 남편 명의 재산의 2분의 1 정도는 분할받을 수 있을 것 같습니다. 나머지는 남편의 법적 상속인인 시동생들에게 돌아갑니다.

두 번째 방법은 지금이라도 선생님이 혼인신고를 하는 방법입니다. 원래 혼인신고는 부부 양쪽이 합의해서 해야 하는 것이지만 예외가 있긴 합니다. 사실혼 관계 부부 중 한쪽 당사자가 혼인신고를 할 경우 다른 한쪽이 혼인의사를 명백하게 철회하거나 사실혼 관계를 해소하기로 합의하지 않는 한 그 혼인신고가 유효하다는 대법원 판결이 있습니다. 선생님이 단독으로 혼인신고를 하더라도 법원이 무효라고 하지는 않을 걸로 생각됩니다.

선생님이 단독으로 한 혼인신고가 유효하다고 전제하면 선생님은 남편의 법률상 배우자로서 자식이 없는 남편의 단독 상속인이 되는 겁니다. 혼인신고를 한 법적인 배우자가 있으니 시동생들은 상속인 자격이 없게 되는 것이고요. 이렇게 되면 남편 명의 재산은 모두 선생님이 상속할 수 있고, 시동생들한테 나눠줄 필요가 없습니다.

이 두 가지 방법 중에 선생님이 원하시는 대로 선택하시면 됩니다. 첫 번째 방법을 선택하면 시동생들과 절반씩 나누게 되는 것이고, 두 번째 방법을 선택하면 선생님이 재산 모두를 가져가실 수 있습니다. 시동생들은 잘 모르고 있지만 남편 명의 재산을 시동생한테 나눠줄 것인가에 대한 칼자루는 사실 선생님이 쥐고 있는 거예요. 이제 좀 안심이 되시죠? 다만 꼭 기억하셔야 할 것이 둘 다 선생님 남편이 사망하기 전에 해야 한다는 겁니다. 빨리 결정하셔서 법적인 절차를 시작하세요. 괘씸한 시동생들 때문에 분노하는 건 그 다음에 해도 늦지 않겠죠?

동거녀와 복지재단에
30억 유산 남긴 전 남편, 애들 몫은?

☑ Yes

☐ No

☐ Hold

유류분반환청구권 # 유언집행자 # 자필유언의 효력

Q 전 남편이 쓴 유언 때문에 질문을 드립니다. 전 남편과 저는 5년 전에 이혼했고, 제가 고등학생이던 두 아이를 키우면서 살았습니다. 남편은 저와 이혼한 다음 다른 여자와 같이 살았는데 정식으로 결혼한 사이는 아닌 걸로 알고 있습니다. 이혼 후 남편은 양육비만 보내주고 아이들을 보러 온 적은 별로 없었습니다.

문제는 한 달 전 남편이 사고로 사망하면서 생겼습니다. 남편 장례식이 끝난 후 남편의 동거녀가 남편이 쓴 유언장이라면서 자필로 쓴 유언장을 내밀었는데, 그 유언장에 동거녀에게 재산의 반을 주고 나머지 반은 복지재단에 기부한다고 쓰여 있던 겁니다. 동거녀는 이 유언장을 아이들에게 보여주면서 '너희들은 권리가 없으니 그런 줄 알아라. 재산은 내가 알아서 처리하겠다'고 했답니다. 동거녀가 다 가져가도 어떻게 할 수 없는 상황입니다.

아이들이 가져온 유언장을 보니 남편의 자필이 맞는 것 같긴 하지만, 내용이 너무 기가 막힙니다. 평소 아이들한테 정이 없긴 했지만, 어떻게 아이들을 완전히 외면할 수가 있는지 도저히 이해할 수 없습니다. 아이들은 이제 대학생으로 앞으로 학자금과 결혼자금으로 돈이 많이 필요한데 남편은 완전히 나몰라라 한 것이거든요.

동거녀 말대로 우리 아이들은 남편의 유산을 전혀 받을 수 없게 되는 건가요? 아이들이 일부라도 받을 수 있는 방법은 없을까요? 참고로 남편의 재산은 30억 정도입니다.

A 자식들에게 재산을 안 주고 사회에 환원한다는 분들이 존경스럽다고 생각한 적이 있었는데, 유족의 입장에서는 정말 서운한 일이네요. 기가 막히시겠어요. 충분히 공감합니다.

제 생각으로는 남편의 자필유언이 유효해 그 내용대로 실행된다고 해도 자녀분들이 남편 재산의 반은 받을 수 있으니 너무 염려하실 건 없습니다. 바로 자녀들에게는 '유류분반환청구권'이라는 권리가 있기 때문입니다. 사망한 사람이 생전 증여나 유언으로 유산을 처분해서 상속인들이 상속을 못 받게 됐을 때 원래 자신의 법적인 상속분의 1/2까지는 생전 증여나 유증을 받은 사람에게 반환을 청구할 수 있거든요. 남편이 다시 결혼을 하지 않은 상태에서 사망했으니 남편의 상속인은 자녀들뿐이니까, 유산을 가져간 동거녀와 복지재단에 자녀들의 상속분인 1/2은 돌려달라고 할 수 있습니다.

일단 반은 확보한 셈이니까 안심하시고, 남편의 자필유언의 다른 문제점에 대해서도 같이 살펴보시지요. 먼저 자필유언장이 유효인지를 검토해 보셔야 합니다. 남편이 자녀들과의 유대관계가 거의 없는 상태에서 동거녀와 살면서 작성한 유언장이기 때문에 자필유언장에 문제가 있을 수 있거든요.

자필유언은 유언자가 유언의 내용, 작성연월일, 성명, 주소를 직접 자필로 쓰고 날인을 해야 효력이 인정됩니다. 만약 어느 하나라도 빠지면 아무리 본인이 작성한 것이라도 법적인 효력이 인정되지 않습니다. 남편의 자필인지 여부가 의심스럽다면 필적감정을 해서 확인하는 것도 고려해 보세요.

자필유언 요건이 빠졌거나, 자필이 아니라면 남편의 유언이 무효임을 확인하는 소송을 해서 자필유언의 효력을 부정할 수 있습니다. 소송 결과 자필유언이 무효라는 판단을 받으면 유언이 없는 것과 같은 상태가 되니까 법적인 상속인인 자녀들이 남편 재산 전체를 상속할 수 있습니다.

자필유언이 유효하다고 해도 남편의 재산을 동거녀가 독단적으로 처리하는 상황은 일어나지 않을 수도 있습니다. 남편 유언장에 유언집행자가 지정되어 있는지를 살펴보세요.

만약 동거녀 혹은 제3자가 유언집행자로 지정되어 있다면 남편의 유언내용을 집행하는 권한을 동거녀 혹은 제3자가 갖게 되기 때문에 자녀들이 유언집행 과정에 개입할 수 없습니다. 그렇다면 첫 부분에 말씀드린 대로 동거녀와 재산을 받아간 복지재단을 상대로 유류분반환청구만 할 수 있습니다.

하지만 유언집행자를 누구로 지정한다는 내용이 없다면 남편의 유언 내용을 집행할 권한은 자녀들에게 있습니다. 우리 민법에 따르면 유언자가 유언으로 유언집행자를 지정하거나 제3자에게 지정을 위탁하지 않을 경우 상속인이 유언집행자가 됩니다. 보통 자필유언을 하면서 유언집행자까지 기재하는 경우는 거의 없기 때문에 십중팔구 유언집행자에 대한 기재가 없을 걸로 생각됩니다.

그렇다면 남편의 법적 상속인인 자녀들이 남편의 유언 내용을 주도적으로 처리할 권한을 갖게 됩니다. 동거녀에게 재산을 주는 것이나, 유산을 기부할 복지재단을 선정하는 것도 자녀들의 권한입니다. 동거녀가 '알아서' 처리하거나 재산 전체를 가져가는 상황은 일어나지 않는 것이지요.

말로 설명하면 간단한데 실제로는 이런저런 법적인 절차와 소송을 거쳐야 할 수도 있고 시일도 상당히 걸립니다. 제 생각으로는 먼저 동거녀에게 이런 내용을 설명하고 동거녀가 유언으로 받아야 할 몫의 1/2을 주고 나머지 재산의 처리권한은 자녀들이 하는 것으로 합의해 보세요. 합의에 실패하면 그때 법적인 절차를 개시하시는 게 좋을 것 같습니다. 순조롭게 해결되길 바랍니다.

‘바람난 괘씸한 사위’의   ☑ Yes
장인재산 상속요구 들어줘야 할까요?   ☐ No
                                                  ☐ Hold

대습상속 # 양성평등

Q 사위의 터무니없는 요구 때문에 질문을 드려요. 딸은 7년 전에 결혼을 했는데 3년 전 서른셋 젊은 나이에 암으로 세상을 떠났습니다. 딸과 사위 사이에 아이는 없고요.

딸은 결혼한 뒤 사위의 바람기 때문에 마음고생을 많이 했습니다. 결혼 초부터 사위는 외박을 자주 하고 밖으로만 돌았거든요. 딸이 암에 걸리기 몇 달 전 다른 여자가 생겼다고 이혼해 달라며 집을 나가버렸는데, 딸이 이혼 안 한다고 해서 이혼은 못 했습니다. 그 와중에 딸이 암에 걸린 사실을 알게 됐는데 사위는 병원에 거의 와보지 않았고, 딸의 병간호는 전부 저와 남편이 했습니다. 딸이 암에 걸린 건 사위로 인한 맘고생 때문이라고 생각했지만 도대체 사위가 눈앞에 나타나질 않으니 원망 한 번 제대로 못 했습니다. 그러다 딸이 세상을 떠났는데 그저 지가 박복한 탓이려니 하면서 가슴에 묻고 다 잊자고 했습니다.

그런데 얼마 전 남편이 죽자 사위한테 연락이 왔습니다. 남편이 남긴 10억짜리 아파트에 대해 자기도 상속권이 있다면서 자기 몫을 계산해 달라고 했습니다. 제가 "말도 안 되는 소리 하지 마라. 못 준다."고 했더니 그러면 법적으로 할 수밖에 없다고 하네요. 죽은 남편이 남긴 재산을 이 괘씸한 사위한테 정말로 나눠줘야 하나요? 어떻게 이런 말이 안 되는 경우가 있나요?

A 뭐라 위로를 드려야 할지 모르겠습니다. 따님을 앞세우고 부군까지 가신 마당에 철면피 사위가 나타나 장인 재산을 달라고 하니 얼마나 기막히는 심정이실까요? 정말 안타깝긴 하지만 사위한테 선생님의 부군이 남긴 아파트에 대한 상속권이 있는 건 맞습니다. 만약 사위가 재혼을 하지 않았다면요.

사위가 장인의 아파트에 대한 상속권을 주장할 수 있는 이유는 우리 법이 '대습(代襲)상속'이란 걸 인정하고 있기 때문이에요. 대습상속은 상속을 받아야 할 사람이 상속이 개시되기 전에 먼저 사망하거나 상속결격이 된 경우 그 상속인의 배우자나 자녀가 사망하거나 결격이 된 사람이 받아야 할 상속분을 대신 받는 제도입니다. 선생님의 경우를 보면 원래 딸이 아버지 재산을 상속받아야 하는데 딸이 아버지보다 먼저 사망했기 때문에 딸의 몫을 딸의 배우자인 사위가 대신 받을 수 있게 된 거고요.

만약 장인이 돌아가시기 전에 사위가 재혼했다면 딸과 사위의 결혼으로 생긴 인척관계가 종료되기 때문에 사위한테 대습상속권이 인정이 안 되는데, 사위가 당당하게 아파트에 대한 자기 몫을 달라고 한 걸 보면 아마도 재혼을 안 한 것 같아요.

바람피운 괘씸한 사위가 장인의 재산을 상속받다니 변호사인 저도 참 받아들이기 어려운 결론입니다. 원래 대습상속은 전통사회에서 아들이 부모보다 먼저 사망한 경우 남겨진 며느리와 손자들에게 생계대책을 마련해 주기 위해 인정되어 오다가 1958년 민법 제정 때 도입된 규정이에요. 그래서 처음에는 며느리와 손자의 대습상속권만 법에 규정됐는데, 양성평등을 실현해야 한다는 취지에서 1990년 사위한테도 인정되는 걸로 법이 바뀌었습니다.

사망한 자녀한테 자식이 없는 경우, 남겨진 배우자 특히 사위한테 충분한 생활능력이 있는 경우, 선생님의 딸처럼 무늬만 부부였던 경우처럼 상속권이 인정될 필요가 없어 보이는 경우까지 일률적으로 상속권이 인정되는 건 불합리하다 싶은데, 법규정이 그러니 현재까지는 어쩔 수가 없습니다.

사위한테 상속권이 있다는 사실 자체는 어떻게 해도 부정할 수 없으니 그건 인정을 하시고 사위의 양심에 호소해 금액이라도 줄이도록 노력해 보시지요. 가족 간 소송에서는 어찌됐건 인정에 호소하는 게 대체로 효과가 있더라고요. 속히 마무리지으시고 덧없는 세상사는 다 잊어버리시길 바랍니다.

치매 모친 재산 탐내는 큰오빠,
막을 방법 있나요?

성년후견제도 # 후견개시청구

☑ Yes

☐ No

☐ Hold

Q 저희 어머니는 올해 80세이시고 몇 년 전 치매진단을 받으셨습니다. 치매증상이 심한 편은 아니어서 시설로 모시지 않고 제가 어머니 집 근처에 살면서 간병인의 도움을 받아가며 어머니를 돌봐드리고 있어요. 꾸준히 치료를 해서 진단받을 당시에 비하면 증세가 상당히 가벼워지긴 했지만, 그래도 엉뚱한 말씀이나 행동을 하실 때가 종종 있어요.

큰오빠는 이런 어머니한테서 오래전부터 계속 돈을 가져가고 있었어요. 60이 넘은 큰오빠는 제가 있을 때를 피해서 어머니한테 다녀가곤 하는데, 어머니 말씀으로 짐작해 보면 어머니의 현금을 상당히 가져가고 있는 것 같아요. 지금까지는 어머니가 큰오빠에게 주시는 걸 굳이 막을 것까지 없다 싶어서 그냥 보고만 있었어요.

문제는 얼마 전 큰오빠 내외가 아예 어머니 집으로 이사를 하겠다는 거예요. 명분이야 어머니를 모시면서 돌보겠다는 것이지만 제 생각에는 어머니 집과 남은 재산들을 독차지하려는 속셈인 것 같아요. 어머니가 사시는 집이 20억이 넘고 다른 재산들도 좀 있기 때문에 그걸 탐내는 거지요.

이쯤 되면 더는 두고 볼 수가 없어 큰오빠의 속셈을 막아야겠다는 생각이 들어요. 그간의 행태로 보아 큰오빠 내외가 어머니를 잘 돌볼 리 만무하고 어머니 재산만 차지한 후 어머니를 싸구려 요양원에 보내버릴 것이 불을 보듯 뻔하거든요. 어머니도 정신이 있을 때는 큰오빠가 이사 오는 것이 싫다고 하시는데, 정신이 분명치 못한 분이라 왔다갔다하시네요.

이런 상황에서 큰오빠가 어머니 재산을 가져가는 걸 막을 수 있는 방법이 있을까요? 어머니 재산을 노리는 큰오빠로부터 어머니를 지켜드리고 싶어요.

A 가만히 있으면 안 되는 상황이네요. 제 경험으로 볼 때 그냥 내버려두면 선생님이 걱정하시는 결과가 올 가능성이

매우 높습니다. 정신이 온전치 못한 노인이 가까운 사람들에게 재산을 뺏기는 경우를 적지 않게 봤는데, 뺏어가는 사람들은 대부분 자식이나 재혼한 처 등 가장 가까운 가족이더라고요.

큰아들이 다른 자식들이 못 찾게 아버지를 요양원에 숨겨놓고 아버지 현금을 다 찾아간 경우도 있었고, 수술 직후 병상에 누워 있는 아버지한테 법무사를 대동해서 아버지 집을 가져간 경우도 보았습니다. 한마디로 말이 가족이지 날강도나 다름없는 사람들이지요.

그런데 일단 일이 벌어진 후에 수습을 하려면 매우 힘듭니다. 노인이 그 재산을 줄 때 온전한 정신상태에 있었는지를 누가 정확하게 알 수가 있겠어요? '아버지가 원해서 나한테 준 것'이라고 우기면 반박하기가 상당히 어렵더라고요. 뻔히 알면서도 당하는 것이지요.

그러니까 그런 결과를 막으려면 가족이나 가까운 사람들의 횡포에서 노인들을 지킬 수 있는 보호자를 미리 세워두는 것이 최선입니다. 이런 방법으로 가장 적절한 것이 '성년후견제도'랍니다. 작고한 롯데그룹 신격호 회장의 성년후견청구 사건이 보도되면서 널리 알려졌지요.

성년후견제도는 질병, 장애, 노령 기타 사유로 인한 정신적 제약으로 사무를 처리할 능력이 지속적으로 결여된 상태에 이른 성인에 대해 가정법원이 후견인을 임명해 주는 제도를 말합니다. 후견인이 임명되면 그 후견인이 피후견인의 재산관리권을 가지고 피후견인의 신상보호를 할 수 있으니까 피후견인인 노인은 자기 권리를 지킬 수 있는 보호자를 얻을 수 있는 셈입니다.

후견개시 청구를 할 수 있는 사람은 본인, 배우자, 4촌 이내 친족 등이니까 선생님이 선생님이나 다른 믿을 만한 자녀를 어머니의 성년후견인을 임명해 달라는 청구를 하실 수 있습니다.

자녀 등 상속인들이 합의해서 한 사람을 후견인으로 지정하면 그 사람이 후견인으로 지정되는 것이 보통이지만, 만약 한 사람이라도 반대하면 가정법원은 가족 이외의 다른 사람(변호사 등 전문가)을 지정할 수 있습니다. 선생님 사례의 경우에도 큰오빠가 반대할 것으로 예상되니까 자녀들은 후견인 지정을 못 받을 가능성이 있어 보입니다. 그래도 후견인이 지정되면 큰오빠의 횡포를 막을 수 있으니 시도해 볼 만한 가치가 충분히 있습니다.

후견개시 청구를 한다고 해서 바로 결정해 주는 것이 아니라 상당히 시간이 걸리곤 합니다. 피후견인의 정신감정을 거쳐야 하고 이해관계인들의 의견이 다른 경우에는 각자 자기 입장을 개진하고 의견을 조율할 시간을 주거든요. 그러니 더 망설이지 마시고 바로 절차에 착수하시길 바랍니다. 일단 절차를 시작하는 것만으로도 큰 오빠가 맘대로 어머니 재산을 가져갈 수 없게 하는 효과가 있습니다. 좋은 결과가 있길 바랍니다.

외도한 남편이 별거 중 취득한
10억 상가, 재산분할 될까요?

☐ Yes

☐ No

☑ Hold

무형의 자원 # 재산분할과 기여도

Q 남편과 이혼하려고 하는데 재산분할을 얼마나 받을 수 있을지 궁금합니다. 요즘은 가정주부라도 거의 반 정도는 받을 수 있다고 하는데, 제 경우는 보통의 재산분할과 좀 다를 것 같아서요. 남편과 별거한 지 오래됐거든요.

남편과는 1997년에 결혼했는데, 결혼 5년 만인 2002년부터 남편은 일을 핑계로 밤에 늦게 들어오고 외박하더니 2003년 초에 갑자기 '부모형제도 싫고 처자식도 싫으니 혼자 살겠다'며 집을 나갔어요. 그때 아이가 둘이 있었으니 정말 기가 막혔지요. 남편 뒤를 밟았더니 남편은 다른 여자와 같이 살고 있더라고요. 제가 아무리 사정을 해도 남편은 집에 돌아오지 않았고 지금까지도 그 여자랑 살고 있어요. 남편은 계속 이혼해 달라고 했는데 저는 아이들이 있으니 언젠가는 집으로 돌아오지 않을까 해서 이혼을 안 해줬지요.

그런데 아무리 기다려도 남편이 집으로 돌아올 것 같진 않고, 아이들도 다 컸으니 저도 이제는 이혼을 하려고 하는데 재산분할을 얼마나 받을지가 문제예요. 저한테는 재산이 하나도 없고, 남편한테는 저와 아이들이 살고 있는 아파트와 10억짜리 상가가 있어요. 이 아파트는 남편이 집 나가기 전인 2000년에 2억을 주고 샀는데 현재 시가가 6억 정도이고, 상가는 남편이 집 나간 후 사업해서 번 돈으로 산 걸로 알고 있어요.

만약 제가 지금 이혼을 한다면 남편 소유의 10억 상가에서 재산분할을 받을 수 있을까요? 그리고 아파트를 분할받는다면 현 시가대로 6억으로 계산하는지 남편이 집 나갈 당시의 집값으로 계산하는지도 궁금해요.

A 재산분할에 대한 질문은 속시원한 답변을 드리기가 쉽지 않다는 점 미리 양해를 구합니다. 이혼시 재산분할의 원칙은 혼인기간 중 부부가 공동의 노력으로 형성한 재산을 분할 대상으로 하고 기여도에 따라 분할한다는 것이긴 한데, 사실 구체

적인 사안에 따라서 많이 달라지긴 합니다. 이 원칙을 그대로 적용하면 이혼 후 한쪽이 생활 자체가 안 되는 경우나 제3자가 봐도 억울하다 싶은 경우에는 법원은 이 원칙을 그대로 고집하지 않고 융통성을 발휘해 주는 것으로 보여요. 그러다 보니 재산분할은 실제로 소송을 해보기 전에는 알 수 없는 경우가 종종 있어요.

선생님 사안의 경우에는 중간에 장기간의 별거가 있기 때문에 조금 더 복잡하긴 합니다. 선생님의 경우처럼 법률적인 혼인관계는 유지되고 있지만 실질적으로는 혼인생활이 파탄된 상태에서 장기간 별거 상태라면 별거 후 부부 중 한쪽이 취득한 재산을 분할 대상으로 볼 수 있을지 문제예요.

판결의 원칙은 장기간 별거 후 이혼하는 경우 '별거 후 취득한 재산은 별거 전 쌍방의 협력에 의하여 형성된 유형·무형의 자원에 기한 것이 아닌 한 재산분할의 대상이 안 된다'는 것이에요. 이혼시 재산분할을 인정한 이유는 명의와 관계없이 부부 공동의 노력으로 이룩한 재산을 나눈다는 것이니까 공동의 노력과 관계없는 재산은 분할 대상으로 보지 않아야 한다는 것이 법원의 입장입니다.

그렇다면 일단 남편 명의 아파트는 별거 전에 취득한 거니까 재산분할 대상이 돼요. 아파트 값을 계산하는 기준이 문제인데, 판례는 '별거 당시 재산에 대하여 재산분할이 이루어지지 않은 이상 재산가액은 변론종결일 당시의 가액을 기준으로 해야 한다'고 하니까 아파트 값은 현 시가인 6억으로 계산하는 게 맞아요.

문제는 남편이 집 나간 후 취득한 10억 상가에서 분할을 받을 수 있느냐인데 이게 참 어려운 부분이에요. 그 상가가 별거 후에 취득한 거니까 별거 전 쌍방의 협력에 따라 형성된 유형·무형의 자원에 기한 것이라는 판단을 받아야만 재산분할이 되는 것이거든요. 그러니까 남편이 상가를 취득하는 데 선생님이 뭔가 기여했다고 주장할 수 있는 부분이 있어야만 하는 것이지요. 그래서 일단 쉽지 않다고 봐야 할 것 같긴 한데, 장기간 별거한 경우에도 남편 명의 재산에 대한 분할을 인정한 판결이 얼마 전에 나와서 가능성이 없지는 않아요.

그 판결의 부부는 50년 넘게 별거했는데 남편은 집을 나가서 다른 여자와 살면서 아이들을 낳았고 아내는 두 아들을 키우면서 시부모를 모셨어요. 재산으로는 부모에게 받은 남편 명의 토지가 있었는데 중간에 반을 아내에게 나눠주었어요. 한 번 분할을 해줬으니까 더이상 분할은 안 된다고 남편 측에서 주장을 했지만, 법원은 아내가 토지를 경작하면서 세금을 내고 두 아들을 키우면서 시부모와 시댁식구들을 돌본 점을 참작해서 남편 명의 재산의 20%를 분할해 주라고 했습니다.

이런 판결이 나오는 걸 보면 선생님의 경우에도 남편 명의 상가에 대한 재산분할을 못 받는다고 속단할 필요는 없을 것 같아요. 집나간 남편이 양육비를 주지 않았거나 부족하게 주었을 경우, 양육비를 주었다고 하더라도 자녀들 양육에 대한 다른 지원이 없었을 경우, 집 나간 남편을 대신해서 시부모님 등 시댁식구들을 돌봐준 경우 등에는 이런 점들을 주장해서 '무형의 자원'으로 기여한 것이라고 주장해 볼 여지가 있어 보이거든요. 그러니 미리 포기하지 마시고 자신의 권리를 주장해 보는 쪽을 선택하시길 권하고 싶네요.

재산분할 포기각서 받고
'외도' 용서하고 싶어요

\# 부부공동생활 \# 각서의 효력 \# 공증

Q 저는 올해 59세, 남편은 65세입니다. 남편과 저는 20년 전 만났는데 그때 저는 전 남편과 사별하고 아이 둘을 혼자 키우고 있었고 남편은 이혼하려고 하고 있었습니다. 처음 같이 살기 시작할 때 남편이 이혼이 안 되어 혼인신고를 못 했고, 그후에도 각자 자식들이 있으니까 혼인신고를 하지 말자고 해서 지금까지 혼인신고는 하지 않았습니다.

지난 20년간 남편과 저는 사이좋게 살아왔고 자식들과의 관계도 좋아서 남부러울 것이 없었는데, 얼마 전 남편이 1년 넘게 다른 여자와 외도를 했다는 걸 알았습니다. 제가 너무 화가 나서 집을 나가라고 했더니 남편은 재산분할 청구를 하겠다면서 나가버리더군요.

20년 동안 제가 번 돈으로 먹고살았는데 남편이 재산분할을 청구하겠다니 정말 기가 막히더라고요. 남편은 제가 준 사업자금을 두 번 날리고 나서는 다시 일을 하지 않고, 10여 년 전부터 일주일에 이틀 정도 제가 하는 가게에 나와서 일을 도와주면서 지냈고 살림을 약간 거들어주는 정도였습니다. 그래서 돈을 버는 제가 생활비를 다 댔고 남편에게 월 100만 원 정도 용돈을 주었습니다.

한동안 남편한테 연락이 없어서 이제 끝인가 보다 했는데 남편이 며칠 전 잘못했다면서 다시 들어올 테니 용서해 달라고 하네요. 이 나이에 헤어지면 뭐하나 싶고 자식들과의 관계도 있으니 그만 용서해 줄까 하는 생각도 듭니다. 그런데 남편이 나가면서 재산분할 청구 운운했던 생각이 나서 마음이 좀 꺼림칙합니다.

만약 앞으로 남편과 헤어지게 된다면 혼인신고를 안 했고 돈을 다 제가 벌었는데도 제가 남편한테 재산분할을 해줘야 하나요? 남편한테 다시 들어오는 조건으로 재산분할 포기각서를 받으면 그게 효력이 있을까요? 재산은 15억 정도 되는 다세대 주택과 가게가 있는데, 둘 다 제 명의로 되어 있습니다.

A 보통 혼인신고를 안 하면 헤어질 때 재산을 나눠주지 않아도 된다고 생각하시는데 그건 잘못된 상식입니다. 혼인신고를 하지 않았더라도 사실혼 관계로 인정받을 정도의 부부 공동생활이 있으면 헤어질 때 위자료를 청구할 수 있고, 혼인기간 중 공동의 노력으로 축적한 재산에 대한 재산분할청구권도 인정됩니다. 그래서 요즘은 혼인신고를 하지 않은 부부들도 헤어질 때 위자료와 재산분할을 청구하는 경우가 점점 늘어나고 있습니다.

선생님의 경우에도 선생님이 주로 돈을 벌고 생활비를 댔다고 하더라도 남편도 어느 정도 재산분할을 받을 권리가 인정될 것으로 생각됩니다. 재산분할청구권은 결혼생활 기간 중 각자가 얼마나 돈을 벌었느냐 하는 점만을 고려해서 인정되는 것은 아니기 때문입니다. 결혼생활 기간 중의 가사노동, 배우자로서 상대방에게 준 정서적인 안정과 정신적인 지지 등 돈으로 계산할 수 없는 기여 부분도 고려하기 때문에 경제활동을 하지 않은 쪽에게도 재산분할청구권이 인정된다고 보셔야 합니다. 경제적인 측면에서의 기여가 크게 차이가 난다면 이 점이 분할비율에서 반영될 수는 있을 것입니다.

만약 헤어질 경우를 대비해서 남편에게 재산분할 포기각서를 받으면 효력이 있겠느냐는 질문에는 확답을 드리기가 좀 어렵습니다. 우리 법원이 결혼생활 기간 중 작성된 각서의 효력을 잘 인정하지 않는 추세로 가고 있기 때문입니다. 예전에는 결혼생활 중 작성된 각서는 협의이혼을 하는 것을 전제로 하기 때문에 이혼소송을 하는 경우에는 각서의 효력이 없다고 했습니다. 뒤집어 말하면 협의이혼을 하면 결혼생활 중 작성한 각서가 효력이 인정된다는 것이었습니다.

그런데 2016년 2월 대법원이 재산분할 청구를 포기한다는 각서를 쓰고 협의이혼을 한 후 재산분할 청구를 했던 사건에서 협의이혼을 해도 각서가 효력이 없다는 판결을 해서 새로운 입장을 제시했습니다. 그 이유는 각서 작성과정에서 쌍방의 협력으로 형성된 재산액이나 기여도, 분할방법 등에 대해서 진지하게 논의하지 않았다는 것이었습니다. 아마도 그 각서는 '재산분할 청구를 포기한다'는 한 줄짜리 각서였을 겁니다. 이 판결을 계기로 '위자료 청구를 안 한다', '재산분할 청구를 포기한다'는 식으로, 배우자가 써달라는 대로 써주는 각서는 이제 협의이혼을 하든 이혼소송을 하든 효력이 없다는 결론이 났다고 봐야 합니다.

하지만 그렇다고 해서 결혼생활 중 작성된 모든 각서가 효력이 없다고 할 수는 없을 것 같습니다. 진지한 협의 없이 경솔하게 작성된 각서는 효력이 없지만 재산의 액수, 기여도, 분할방법 등에 대해 구체적으로 작성한 각서라면 효력이 인정될 여지가 있을 것입니다. 그러니 남편과 재산분할에 대하여 자세한 내용의 각서를 작성해두면 만일의 사태에 대한 대비가 되리라고 봅니다. 그 각서에는 재산의 내역과 금액, 기여도, 남편이 외도를 용서받는 대가로 재산분할을 포기한다는 내용을 구체적으로 기재하셔야 하고, 필수요건은 아니지만 공증을 받는다면 신뢰도 측면에서 도움이 될 겁니다. 남편과 협의를 잘 하셔서 각서를 작성하고 금슬 좋은 부부로 돌아가시길 기원합니다.

양손자가 딸 재산을
상속받으려고 해요

☑ Yes
☐ No
☐ Hold

\# 양부모의 재산 \# 파양 \# 가족관계등록부

Q. 사망한 딸의 호적을 정리하고 싶어서 문의드립니다. 얼마 전 사망한 딸의 재산을 정리하다 보니 생각도 못한 문제가 있네요.

제 딸은 25년쯤 전 결혼을 했는데 결혼 후 몇 년이 지나도록 아이가 생기지 않았어요. 검사를 해보니 제 딸의 문제 때문에 아이를 못 낳는 것이라고 하더라고요. 사위가 아이를 간절히 원해서 입양하기로 하고 복지기관에서 돌이 채 안 된 남자아이를 데려와서 둘 사이에 낳은 아이로 신고를 했습니다.

그런데 그 아이가 열다섯살쯤 될 무렵에 딸과 사위는 이혼하게 되었고, 남자아이라 사위가 키운다고 데려갔습니다. 딸은 그 아이가 좀 자라면서부터 말을 안 듣고 고집이 너무 세서 못 키우겠다고 늘 얘기를 했고, 그 아이에게 정이 별로 없어서 이혼한 후에는 한 번도 안 만났습니다.

그후 딸은 지금의 사위와 재혼해서 살다가 한 달 전에 교통사고를 당해서 하늘나라로 갔습니다. 딸 명의로 10억짜리 빌라가 한 채 있어서, 사위와 제가 상속을 받으려고 했는데, 입양한 그 아이가 딸의 친자로 되어 있어서 그 아이와 지금 사위가 상속인이고 저는 상속을 못 받는다고 하더라고요.

제가 너무 기가 막혀서 그 아이는 제 딸의 핏줄도 아니고 지금은 연락도 끊겼는데 그게 말이 되냐고 했더니 제가 상속인이 되려면 그 아이가 딸의 호적에서 빠져야만 된다고 하네요. 구청공무원이 그 아이가 딸의 친자식이 아니라는 법원의 판결을 받아오면 정리할 수 있다고 합니다.

어떻게 해야 그 아이를 딸의 호적에서 정리할 수 있는지 알려주세요. 그 아이는 제 딸과 피 한 방울 안 섞였고 10년 전에 인연이 끊긴 생판 남인데, 그 아이가 제 딸이 고생고생해서 모은 재산을 가져간다니 너무 억울합니다.

A 자식을 앞세우신 선생님 마음이 얼마나 힘드실지, 피 한 방울 안 섞인 남이 선생님 대신 따님 재산을 상속한다니 얼마나 기가 막히실지 선생님의 심정은 충분히 이해가 갑니다.

하지만 정말 너무나 안타깝게도 이제는 따님의 양자를 따님의 호적(지금은 호적제도가 없어지고 가족관계등록제도로 바뀌었으니 이후에는 가족관계등록부라고 칭하겠습니다)에서 삭제할 수 없고, 그 아이가 따님의 재산을 상속하는 것을 막을 수 있는 방법이 없습니다. 그 아이가 따님의 친자는 아니지만 법률상 양자로 인정되는데, 양자도 양부모의 재산에 대한 상속권이 있기 때문입니다.

구청공무원이 그 아이가 딸의 친자식(법률용어로 친생자라고 합니다)이 아니라는 판결(친생자관계부존재확인판결)을 받으면 가족관계등록부를 정리할 수 있다고 했는데, 그건 그 공무원이 정확히 알지 못하고 한 말입니다. 보통은 친생자가 아닌데 가족관계등록부에 친생자라고 기재되어 있을 경우 '친생자관계부존재확인판결'을 받아서 가족관계등록부 기재를 정정할 수 있습니다.

예를 들어 딸이 결혼 안 하고 자식을 낳으니까 딸의 부모가 손주를 마치 자기 자식인 것처럼 호적에 올렸던 경우입니다. 혼전출산이 엄청난 불명예였던 예전에는 가끔 있었던 일이고 드라마에도 종종 나오지요. 이런 경우에는 친생자관계부존재확인판결로 가족관계등록부를 고치면 됩니다.

하지만 아이를 입양하면서 입양한 사실을 숨기려고 친자로 출생신고를 한 경우는 다릅니다. 우리 법원은 이런 출생신고는 입양신고를 한 것으로 해석해서 입양의 효력이 발생한 것으로 보고 있습니다. 형식상 친생자로 신고하긴 했지만 실질적인 의사는 양친자관계를 설정하려는 것이었으니까 그 의사를 중시해서 양친자관계는 성립한다고 봐주고 형식상의 잘못은 좀 눈감아주자는 겁니다. 이런 법원의 입장에 따르면 그 아이가 따님의 친생자는 아니지만 법률상 따님과 그 아이는 양모자 관계가 성립한 것입니다.

일단 양친자관계가 성립하면 그 관계를 정리하는 방법은 '파양(罷養)'밖에 없고 친생자관계부존재확인청구로는 정리할 수 없다는 것이 우리 법원의 일관된 입장입니다. 문제는 파양을 할 수 있는 자격을 가진 사람은 양친자관계의 직접적인 당사자들인 양부모와 양자뿐인데, 양모인 따님이 사망했으니 이제 파양은 불가능하다는 점입니다.

선생님은 '나라도 파양을 하면 안 되냐'고 묻고 싶으실 겁니다. 파양청구권 같은 신분상의 권리는 다른 사람이 대신 행사해 줄 수가 없으니, 선생님이 따님 대신 양자를 파양하실 수는 없습니다. 안타깝지만 이제는 따님과 양자의 양친자관계를 정리할 수 있는 방법이 없다는 것이 결론입니다.

따님이 이혼하실 때 양자와의 관계를 정리하셨거나, 사망시 어머니에게 재산을 준다는 내용의 유언장을 작성해 두었더라면(이런 경우에도 양자는 유류분반환을 청구해서 원래 상속분의 1/2은 받을 수 있습니다만) 이런 상황은 막을 수 있었을 겁니다. 말씀드리고 보니 뒤늦은 후회일 뿐입니다만….

전 재산인 집 한 채,
아들한테만 주고 싶어요

□ Yes

☑ No

□ Hold

#상속 등기 #법적상속분 #유류분

Q. 올해 78세의 노인입니다. 오래전부터 당뇨병을 앓아왔는데 작년부터 부쩍 건강이 좋지 않아 입원과 퇴원을 반복하면서 살고 있습니다. 의사들은 오래 산다고 하지만 제 생각으로는 제 명이 얼마 남지 않은 것 같아서 상태가 완전히 나빠지기 전에 제 사후를 대비하고 싶습니다.

제가 정리하고 싶은 일은 바로 제가 죽으면 혼자 남겨질 아내의 노후를 대비해 주는 일입니다. 제 재산으로는 집 한 채가 있는데 시가는 15억 정도 됩니다. 원래 우리 부부가 살던 오래된 아파트인데 얼마 전 재건축해서 값이 많이 올랐지요.

저한테는 아들과 딸 남매가 있는데, 제가 죽기 전까지는 집을 갖고 있다가 죽으면 아들이 이 집을 상속하도록 하고 싶습니다. 좀 냉정한 것 같지만 딸한테는 주지 않으려고 합니다. 딸한테 재산을 나눠주면 두어 번 사업에 실패한 사위가 그 재산을 날릴 게 뻔하기 때문이지요. 차라리 재산을 아들한테 물려주고 아들이 아내의 노후 봉양을 하도록 하는 게 맞을 것 같습니다. 이 집의 재건축 분담금을 대부분 아들이 내기도 했고요.

그런데 요즘 상속재산을 둘러싸고 자식들 간에 다툼이 많다고 하니 제가 죽기 전에 이 문제를 깔끔하게 정리하고 싶습니다. 제 사후에 시끄러운 문제가 발생하지 않고 이 집을 아들한테만 물려주려면 어떻게 준비를 해야 하는지요? 제가 미리 딸한테 제 생각을 얘기하고 상속권을 포기한다는 각서를 받을까 하는데 이 방법은 어떤가요?

A 요즘 부모님이 돌아가신 다음에 남겨진 재산을 둘러싸고 자녀들이 서로 다퉈서 남보다 못한 사이가 되는 경우가 참 많습니다. 제가 상속 관련 분쟁을 다루다 보면 부모님들이 생전에 조금만 신경을 쓰셨더라면 부모님 사후에 자식들이 원수처럼 되는 사태는 막을 수 있었을 것이라는 안타까운 마음이 드는

경우가 종종 있더라고요. 사후를 대비해서 미리 상속문제를 정리하시겠다는 선생님의 생각, 참 훌륭합니다.

먼저, 따님한테 선생님의 생각을 설명하고 상속포기각서를 받겠다는 방법은 적절한 해결책이 아니라는 점을 말씀드리고 싶습니다. 우리 민법상 상속이 개시되기 전(재산의 명의자가 사망해야 상속이 개시됩니다)에 미리 상속을 포기한다는 약속을 해도 그 약속은 법적인 효력이 없습니다. 만약 따님이 선생님이 시키는 대로 순순히 상속 포기각서를 쓴다고 해도 따님한테는 그 약속을 지켜야 할 법적인 의무가 없는 것이지요. 선생님이 돌아가신 다음에 따님이 말을 바꿔서 나도 상속을 받아야겠다고 하면 그때 가서는 따님이 상속을 못 받게 할 방법이 없습니다.

그리고 아마 따님이 그런 각서를 쓰지도 않을 것 같고요. 제 경험상 물려받은 재산의 규모가 어느 정도를 넘으면 순순히 포기하는 사람은 거의 없습니다. 당사자가 포기하려고 해도 그 배우자가 포기하지 못하게 합니다. 선생님의 따님은 어머니를 생각해서 포기하고 싶어도 돈이 필요한 사위가 용납하지 않을 것이니 미리 따님한테 얘기하면 괜히 분란만 생길 것입니다.

제 생각으로는 따님한테는 알리지 말고 선생님 사후 아드님한테 선생님 소유 집을 물려준다는 내용으로 유언을 하시는 게 맞는 방법입니다. 유언을 하실 때는 자필유언을 하시면 안 되고 비용이 좀 들더라도 꼭 공증유언을 하셔야 합니다. 어차피 유언이면 다 똑같은데 굳이 돈 들여서 공증유언을 할 필요가 있냐고 생각하시는 분들이 많은데, 부동산을 상속하는 경우에는 꼭 공증유언을 해야만 합니다. 자필유언만으로는 부동산에 대한 상속등기를 할 수 없기 때문입니다.

자필유언으로 부동산에 대한 상속등기를 하려면 가정법원에서 다른 상속인들이 그 자필유언에 대해서 이의가 없다는 내용의 검인조서를 받아 등기소에 제출해야만 합니다. 만약 검인절차에 참석한 상속인들 중 한 명이라도 자필이 아니라거나 유언 내용에 동의하지 않는다면 자필유언의 내용에 따른 부동산 상속등기는 불가능합니다. 결국 유언의 효력을 확인하는 소송 등 추가적인 분쟁으로 시간과 돈을 낭비하게 될 가능성이 높아집니다. 유언공증을 하면 이런 번거로운 절차 없이 유언공증증서만으로 아드님이 상속등기를 할 수 있으니 공증비용은 낭비가 아닌 것이지요.

하지만 아드님한테 집을 물려준다는 유언공증을 하신다고 하더라도, 따님이 상속을 아주 못 받는 건 아닙니다. 따님한테는 원래 상속지분의 1/2까지는 돌려달라고 할 유류분반환청구권이라는 권리가 있거든요. 집 값을 15억 원으로 보고 따님의 유류분을 계산해 보면 2억 1,428만원 정도 되는 것 같으니(따님의 법정상속분은 1/3.5, 유류분은 1/7), 이와 비슷한 금액을 따님한테 물려주시는 것도 고려해 보시기 바랍니다.

요즘은 대체로 상속에서 제외된 딸들이 유류분반환청구소송을 하는 추세니까 선생님의 따님도 예외는 아닐 겁니다. 그러니 나중에 따님이 유류분반환청구소송을 해서 가져가게 하는 것보다는 미리 준다고 하시는 게 낫습니다. 그래야 선생님 사후에 아드님과 따님이 서로 왕래하면서 남매의 우애를 보존할 수 있으니, 따님에게도 이 정도는 배려해 주시길 권하고 싶습니다.

20년 별거한 아내와
내 연금 나눠야 할까요?

☐ Yes
☑ No
☐ Hold

분할연금지급특례 # 헌법불합치

Q. 며칠 전 20년 전 집을 나간 아내로부터 이혼소장을 받았습니다. 작년부터 이혼해 달라고 두어 번 연락이 왔는데 대답을 안 했더니 급기야 이혼소장을 보냈네요.

아내와 저는 30년 전 결혼했는데 결혼한 지 10년 정도 되었을 때 아내가 집을 나가버렸습니다. 아내와 저는 결혼 초기부터 별로 사이가 좋지 못했습니다. 서로 성격이 잘 안 맞는데다가 장남인 저는 아내가 저희 부모님을 자기 부모님처럼 섬겨주기를 바랐는데 아내는 그렇게 하지 않았습니다.

아내 역시 제 벌이가 시원치 않다고 불만이 많았습니다. 엎친 데

덮친 격으로 제가 사업에 실패해서 경제적으로 힘들어지자 더 다툼이 잦았고, 제가 아내를 때린 적도 몇 번 있습니다. 어느 날 술을 많이 마시고 들어가 부부싸움을 크게 하고 잠이 들었는데, 아침에 일어나보니 아내가 없었습니다. 그게 아내와의 마지막입니다.

아내가 집을 나가고 한동안은 돌아오려니 해서 기다렸고 처가 식구들한테 사정했지만 아내는 결국 돌아오지 않았습니다. 아내가 집 나갈 때 초등학생이었던 아들은 저희 어머니가 키워주셨는데 아내는 아들을 보러 오지 않았고 물론 양육비도 전혀 안 줬습니다. 그러다 몇 년 전부터는 가끔 이혼하자고 연락이 오긴 했는데 제가 모른 척했습니다. 누구 때문에 이 지경이 됐나 싶어서 아내의 말을 들어주기가 싫더라고요. 그러다 보니 20년이 훌쩍 지나가고 어느덧 환갑이 코앞입니다. 처음에는 소장을 받고 화가 났지만, 너무 오래전에 헤어진 사람과의 인연을 남겨두는 게 무슨 의미가 있나 싶어서 저도 이제는 정리를 하려고 합니다.

그런데 마음에 걸리는 것이 하나 있어요. 아내가 보낸 이혼소장에는 이혼해 달라는 말밖에 없었는데, 한 지인이 제가 이혼하게 되면 아내가 제가 받을 국민연금의 반을 받아간다고 합니다. 제가 얼마 전까지 일을 해서 국민연금을 계속 냈기 때문에 조금 있으면 70

만 원 정도 연금을 받을 수 있거든요. 결혼해서 실제 같이 산 기간보다 떨어져 있는 기간이 더 길었어요. 아내가 제 연금에 보탬이 된 건 별로 없는데도 아내가 제 연금의 반을 가져간다면 이건 너무 불공평하지 않은가요? 아내가 제 국민연금을 가져가지 못하게 하는 방법을 알려주세요.

A 선생님 얘기를 듣고 보니 저도 마음이 스산해지고 만감이 교차하네요. 결혼이 도대체 뭐길래 20년 전에 끊긴 인연의 허울을 아직까지 붙들고 계셨을까 싶은 생각에 마음이 아픕니다. 좀더 일찍 결단을 내려서 새로운 인생을 시작하셨더라면 하는 생각에 안타깝기도 하고요. 하지만 문의하신 국민연금 분할은 걱정하실 필요가 없으니 그나마 다행입니다.

국민연금법에 보면 결혼기간 5년 이상이 되면 이혼한 배우자가 받는 노령연금(가입기간 10년 이상 가입자가 60세부터 받는 연금) 중 혼인기간에 해당하는 연금액을 균등하게 분할받을 수 있다는 규정이 있습니다(배우자의 분할연금수급권, 국민연금법 제64조 제1항). 이 규정을 글자 그대로 해석하면 선생님의 노령연금을 아내가 절반 정도 가져갈 수 있는 것처럼 보이지만, 선생님처럼 실제 혼인기간과 명목상의 혼인기간이 다른 경우는 배우자의 연금분할을 막거나 줄일 수 있습니다.

일단, 2016년 12월 30일부터 시행되고 있는 '분할연금 지급의 특례' 규정이 있습니다. 이 규정은 부부가 이혼할 때 부부의 합의나 판결로 국민연금 분할에 대하여 별도로 결정한 것이 있으면 국민 연금법의 분할연금 규정이 적용되지 않는다는 것입니다. 즉 선생님 이 아내와의 이혼소송에서 국민연금을 아내가 분할받지 않는다고 합의하거나, 그런 내용의 판결을 받아서 그 사실을 국민연금공단에 신고하면 아내는 선생님의 연금을 분할받을 수 없습니다. 그러니까 아내가 제기한 이혼소송에서 원하는 이혼을 해주는 조건으로 선생 님의 국민연금을 분할받지 않겠다고 합의하면 됩니다.

만약 아내가 선생님의 국민연금을 분할받겠다는 허황된 욕심으 로 합의를 안 해준다고 해도 이혼소송에서 아내가 연금분할을 못 받 게 하거나 아내가 받는 분할연금 액수를 줄이는 판결을 받으면 되는 데, 제 생각으로는 그런 판결을 받기는 어렵지 않을 것 같습니다.

2016년 12월 29일 헌법재판소는 이혼한 배우자가 국민연금을 분할받을 때 실질적인 혼인기간이 아니라 서류상으로만 존재한 명 목상의 혼인기간 전체를 고려하는 것은 헌법에 불합치된다는 결정 을 내렸거든요. 헌법에 불합치된다는 것은 위헌결정의 일종이라고 볼 수 있고요. 이렇게 헌법재판소가 먼저 실제 혼인기간을 고려해서 국민연금을 분할해야 한다는 점을 확실하게 해주었으니까 이혼재판에서도 실제 혼인기간을 기준으로 분할해야 한다는 판결을 받기 어렵지 않을 것입니다.

한 가지 더 조언을 드린다면 아내가 주지 않은 아들 양육비를 지금이라도 받을 수 있으니 한번 생각해 보세요. 합의나 판결로 양육비를 정하지 않은 경우에는 언제라도 과거양육비를 청구할 수 있다는 것이 우리 법원의 확고한 판례거든요. 지난 세월이 억울하다면 이런 식으로라도 보상 받을 수 있으니 이 부분도 고려해 보세요. 과거는 말끔하게 정리하시고 앞으로 더 행복하시길 빕니다.

억울해도 어쩔 수 없다, '재산분할'

⚖️

전에 말씀드렸죠! 애정은 공짜가 아니라고, 함께 먹고 자고 아이를 낳아 키운 그 시간들은 부부가 헤어지는 그 시점에 돈으로 환가됩니다. 재산분할금이라는 모습으로요. 사람들이 흔히 하는 오해가, '이혼을 하게 만든 저 나쁜 인간에게 왜 재산을 나누어 줘야 하느냐'라는 건데요. 그 나쁜 인간에게 받을 수 있는 것은 위자료고요, 재산이 당신 명의로 있으면 재산분할로 나누어 줘야 해요. 네, 위자료와 재산분할은 따로국밥입니다.

"억울해요. 너무나 억울합니다!"

아무리 애정이 공짜가 아니더라도, 제가 봐도 참, '이건 너무 억울하다' 싶은 사례들이 있어요. 그 중 마음이 아팠던 것은 30년을 넘게 같이 살다 황혼이혼한 할아버지 사례예요. 할아버지의 처는 전업주부였는데요, 아이들이 학교에 다닐 무렵부터 다단계에 빠져들고 말았습니다. 할아버지가 처의 다단계중독을 알았을 때는 이미 많은 재산을 탕진한 뒤였지요. 할아버지는 당장에 처에게서 재산관리권을 회수해 왔지만, 다단계에 푹 빠져버린 처는 여기저기서 돈을 빌려 사고를 치고 다녔고, 나중에는 사기꾼에게 속아 투자금도 많이 날렸어요. 그 뒷수습은 모두 할아버지의 많이었고요. 아이들이 직장생활을 하게 된 후에는 아이들 명의로 다단계 물품을 잔뜩 사는 일을 반복해, 자녀들도 어머니라 하면 고개를 절레절레 흔드는 상황이 되었어요.

할아버지는 할 수 있는 것을 다 해보았어요. 할머니에게 이혼하겠다며 겁도 줘보았고, 심지어 한정치산신청까지 준비했다고 합니다. 그러나 할머니는 변하지 않았어요. 할아버지는 원래 상속받은 재산이 꽤 있었지만, 할머니의 사고가 반복되면서 이래저래 재산이 빠져나가고 10억짜리 상가 건물 하나 남게 되었대요.

할아버지는 더이상 할머니 얼굴을 보고 싶지 않았지만, 마음이 약해 할머니를 집에서 쫓아내지도 못하고 대신 본인이 집을 나왔지요. 그렇게 할머니는 할아버지 소유 상가 건물에 살며, 건물에서 나오는 월세까지 받아 쓰면서 편안히 살았어요. 할아버지는요? 국민연금을 받아 생활하며 옥탑방에 거주했죠. 할아버지의 사정을 알고 나서 저는 정말 마음이 아팠어요. 재판기일에 보니 우리 할아버지는 궁색하고 쪼들린 모습이 역력한데, 할머니는 사모님이 따로 없더라니까요.

자, 그럼 당연히 할아버지가 이혼을 청구했을 것 같지요? 당황스럽게도 이혼을 청구한 것은 할머니였답니다. 할머니의 얇은 귀는 다시 투자 권유에 흔들려 돈이 필요했고, 그러자니 돈 나올 구멍은 재산분할을 받는 방법뿐이었던 것이죠.

저는 할머니의 기여도를 50% 아래로 낮추려고 안간힘을 썼지만, 결국 5:5 분할로 마무리되고 말았답니다. 혼인 기간이 40년 가까이 되고, 할머니가 재산을 탕진한 물적 증거가 너무 부족했어요. 할아버지의 부동산이 하나씩 공중분해된 내역은 보이는데, 이에 대해 할머니는 공동으로 결정하여 함께 투자했다가 날린 거라고 주장했고요. 억울했지만 증거가 남아 있지 않았어요.

지금 두 분은 어떤 모습일까요? 할머니의 이혼 청구 덕에 오히려 할아버지는 행복한 삶을 살고 있다고 하세요. 이제 제대로 된 집에 거주하시며 편안히 살고 계시더군요. 할머니는 어떨까요? 전해 듣지는 못했지만, 받은 재산분할금을 벌써 탕진하지 않았을까 싶어요.

이렇게 화나고 억울해도 어쩔 수 없는 것이 '기여도'예요. '같이 살아온 값', '내 아내, 내 남편으로 생활해 온 값', '혼인을 정리하는 데 어쩔 수 없이 드는 비용' 이렇게 생각하시면 덜 억울하실른지요.

part four

헤어질 때는 돈으로
'환가' 됩니다

아버지의 새 여자가 꿀꺽한 재산, 되찾을 수 없나요?

☐ Yes

☐ No

☑ Hold

\# 안심상속 원스톱서비스 \# 친족상도례 \# 성년후견제도

Q. 얼마 전 91세의 나이로 아버지가 돌아가셨습니다. 아버지와 같이 살던 계모가 돌아가셨다는 기별을 해와서 알게 되었습니다.

6년 전쯤 집으로 찾아가 아버지를 한 번 뵌 후 지금까지 아버지와는 완전히 연락이 끊긴 상태로 살아왔습니다. 계모가 자식들과 아버지 사이를 갈라놓았기 때문입니다. 저희 아버지는 6년 전인 85세 때 계모와 재혼하셨습니다. 어머니가 돌아가신 지 1년 만의 일이었습니다.

사실 아버지는 어머니가 돌아가시기 한참 전부터 지금의 계모와 만나오셨습니다. 계모는 아버지보다 25살이나 어려, 아버지가

계모를 처음 만났을 때 계모는 50대 초반, 아버지는 70대 후반이셨습니다. 50대 초반이던 계모가 70대 후반의 노인인 아버지를 만나는 목적이 도대체 뭐였겠습니까? 그때만 해도 아버지는 서울시내 도처에 부동산을 가진 재산가였기 때문에 계모의 목적은 누가 봐도 돈이었습니다. 돌아가신 어머니와 저희들은 아버지께 무수히 만나지 말라고 했지만 무엇에 홀렸는지 아버지는 계모와의 관계를 끊지 않았습니다. 반대로 계모를 못 만나게 하는 자식들과 사이가 멀어졌지요. 어머니는 계모 때문에 속을 너무 끓이셔서 결국 암으로 돌아가셨고요.

어머니까지 돌아가시고 나니 계모가 버젓이 아버지 집에 들어와 살기 시작했습니다. 처음에는 저희들이 찾아가서 아버지를 말려보려다가 계모와 대판 싸움이 났고 그 다음부터는 집에 전화를 해도 받지 않았고 찾아가도 문을 열어주지 않았습니다. 그때부터 돌아가시기 전까지 저희들은 아버지를 뵌 적이 없습니다. 자식들이 아무리 얘기를 해도 아버지가 들으려 하지 않으셨기 때문에 저희들도 지쳤거든요. 어머니를 암으로 돌아가시게 만든 아버지에 대한 원망과 분노도 컸고요. 그런 상태로 6년이 훌쩍 흘러가서 아버지가 돌아가셨다는 소식을 듣게 되었습니다.

장례식이 끝난 후 계모에게 아버지 재산상속 문제를 얘기하자고 했더니 계모는 아버지 재산이 하나도 없다고 하더라고요. 그건 말이 안 되는 얘기였죠. 어머니 돌아가신 후 아버지가 재산내역을 자필로 써서 주신 게 있는데 거기에 보면 서울 도처에 건물과 집, 땅이 있고 예금만 해도 6억 원이 넘었거든요. 정확한 액수는 모르지만 수백억이 되지 않을까 합니다.

만약 계모 말대로 정말 아버지 재산이 하나도 없다면 아버지가 정신이 흐려진 틈을 타서 계모가 빼돌린 것이 분명합니다. 어떻게 해야 계모가 빼돌린 재산을 찾을 수 있을까요? 혹시나 해서 아버지 집 등기부를 떼어보니 계모와 결혼한 직후 계모에게 집의 1/2을 증여하고 6개월 후 나머지 1/2을 매매해서 현재 소유자가 계모로 되어 있습니다. 아버지가 계모에게 속아서 집을 뺏긴 것이 분명한데 계모를 사기로 형사고소할 수는 없을까요?

지금 와서 생각해 보면 아버지가 계모를 만나기 시작했을 때부터 정신이 온전치 않았나 하는 의심이 들어요. 정신이 온전치 못하셨으니 아버지가 재산처분한 것이 무효가 되는 건 아닌가요?

A 안타까운 일이네요. 다 그런 건 아니지만 노인들은 자기 옆에 밀착해서 지내는 사람에게 정신적으로 의존하기 때문에 그 사람이 시키는 대로 하는 경향이 있습니다. 노인의 이런 속성을 잘 아는 사람이 재산 있는 노인 옆에 붙어서 감언이설로 꼬이거나 겁박을 하면 노인의 재산은 그 사람 것이나 마찬가지입니다. 그 사람은 친한 후배일 수도 있고 자식이거나 후처일 수도 있습니다.

뒤늦은 후회입니다만 자녀분들이 나서서 아버지 재산을 보호하기 위해 노력을 하셨더라면 좋았을 텐데요. 선생님 말씀대로 25살 차이 나는 계모가 85세의 아버지와 재혼한다면 누가 봐도 그 의도가 뻔히 보이는데, 자식들이 좀더 적극적으로 개입해서 막으셨어야 하는 것 아닌가 싶네요. 요즘에는 장애, 질병, 노령 등으로 인한 정신적 제약으로 사무를 처리할 능력이 지속적으로 결여된 사람에게 후견인을 선임해 주는 '성년후견제도'가 있는데 아버지에게 후견인이 있었다면 계모에게 속아 재산을 날리는 일을 방지할 수 있었을지도 모릅니다.

하지만 이미 벌어진 일을 후회한다고 달라지는 건 없으니까 현재의 상태에서 무엇을 할 수 있는지 생각해 봐야지요. 제일 먼저 하셔야 할 일은 아버님 명의 재산내역을 확인하는 것입니다. 요즘에는 시군구청에 가서서 '안심상속 원스톱서비스'란 걸 이용하면 아버님의 각종 재산과 채무내역을 한꺼번에 찾으실 수 있습니다. 만일을 위해서 한 번 확인하시는 게 좋긴 한데 계모가 자신 있게 아버지 재산이 없다고 한 걸 보면 이미 다 처리했다는 것이 아닐까 싶습니다. 찾아봐야 안 나올 것 같긴 하네요.

현재의 상황에서 자식들이 아버지 재산을 찾는 가장 확실한 방법은 아버지가 계모에게 증여한 집 지분에 대해서 유류분반환청구를 하는 것입니다. 유류분은 일정한 상속인을 위해서 법률상 유보된 상속재산의 일정 부분이라는 뜻인데, 상속인이 자기 유류분보다 상속을 적게 받으면 그 상속인은 다른 상속인이나 유증을 받은 사람에게 유류분반환청구를 해서 자기 유류분만큼은 확보할 수 있는 권리가 있습니다. 자식의 경우 유류분은 원래 상속받아야 할 지분의 1/2이고요. 아버지가 계모에게 집의 1/2 지분을 증여함으로써 자식들이 상속을 전혀 못 받게 되었으니 자식들은 유류분을 반환받을 수 있을 걸로 보입니다.

유류분반환청구소송 과정에서 아버지와 계모의 재산변동 내역에 대해서 법원을 통해 조회해 볼 수 있습니다. 아버지 재산이 계모에게 이전된 내용을 찾을 수 있다면 유류분반환청구 대상을 늘릴 수도 있을 것입니다. 하지만 계모가 아버지 재산을 제3자에게 팔면서 그 대금을 표 안 나게 처리했다면 그런 부분은 법원을 통한 조회로는 밝히기 어렵습니다. 의도적으로 빼돌린 재산을 형사사건 수사가 아닌 법원조회를 통해 알아내기는 매우 어렵다는 것이 제 경험입니다.

계모를 사기로 형사고소하고 싶다고 하셨는데 그건 안 됩니다. 계모가 아버지를 기망해서 아버지 재산을 가져갔는지를 입증할 증거가 전혀 없으니까요. 일단 고소하면 경찰이 알아서 밝혀주지 않겠냐고 생각하실 수도 있지만, 이런 사건의 경우에는 고소인이 증거를 구체적으로 제출하지 못하면 무혐의로 판단받을 가능성이 높습니다. 만약 계모가 아버지 재산을 빼돌린 사실이 밝혀진다 하더라도 일정한 친족관계에 있는 사람의 재산범죄에 대해서는 형을 면제하는 '친족상도례'라는 규정이 있어서 아버지의 배우자인 계모는 처벌을 받지 않습니다.

아버지의 정신이 온전치 못했으니 계모에게 준 행위가 무효가 아니냐고 하시는데, 아버지 정신이 온전치 못했다는 점에 대해서도 증거가 없습니다. 이미 행해진 법률행위가 무효가 되려면 무효를 주장하는 측에서 무효 사유를 입증할 책임이 있는데, 자녀들에게 무효 사유를 입증할 증거가 없으니 무효 주장은 받아들여지지 않을 겁니다.

유감이지만 유류분반환청구 말고는 신통한 방법이 없다는 게 결론입니다. 다시 한 번 안타깝다는 말씀을 드립니다. 아버님의 명복을 빕니다.

재산분할 비율보다 중요한 것

⚖️

애정은 공짜인가요? 오래 같이 살면 그것도 돈이 됩니다. 특히 재산분할에서 말이죠. 20년, 30년 부부생활을 한 전업주부인 아내인 경우 사업적 성공을 거둔 남편의 재산 형성에 50%의 기여도를 인정하는 사례가 발생합니다. 아 그럼, 30년 넘게 같이 산 경우에는 이러나저러나 50%는 받으니 누가 해도 결과가 같지 않냐고요? 꼭 그렇지는 않습니다.

작년에 한 할아버지가 찾아오셨어요. 아내가 이혼을 청구했고 이미 별거는 5년째라고요. 자녀들은 장성했고 나눌 재산은 할아버지 명의 상가 건물 한 채가 전부라쟁점은 단순해 보였어요. 그러나 문제는 소송 중간에, 재산분할액을 정하기 위한시가감정절차에서 발생했어요.

유일한 재산인 상가 건물을 1/2지분씩 나눠 갖는 건 이혼한 부부 입장에서 바람직하지 않아요. 그래서 이런 경우 상가 건물이 얼마인지 감정을 통해 밝히고, 아내몫의 돈을 할아버지가 지급하는 것으로 정리를 하는 것이 보통이죠. 그런데 6억 원에 내놔도 팔리지 않는 상가 건물의 시가감정액이 무려 10억 원으로 나온 겁니다.해당지역이 쇠퇴한 정황이 전혀 반영되지 않은 결과였죠!

법원이 알아서 고려해 주지 않냐고요? 절대요! 법원은 어느 지역 집값이 얼마인지

관심 없어요. 그저 시가감정 결과만을 그대로 믿을 뿐이지요. 무슨 말이냐면, 우리가 큰일났다는 얘기였죠. 그 건물은 실제로는 6억인데, 10억 원의 반인 5억 원을 할머니에게 내어주면 할아버지는 뭘 가지고 살라고요?

저는 정말 열심히 머리를 굴렸어요. 세 가지 대응책이 나왔습니다. 다음 중 무엇이 정답일까요?

1. 다른 감정업체를 정해서 시가가 6억 원이라는 자료를 낸다.

X_ 법원은 소송 중 진행된 감정결과를 우선시합니다. 법원은 남의 말 안 믿어요.

2. 법원을 통한 감정을 다시 진행해 달라고 판사님을 조른다.

X_ 6억 원이라고 나오면 다행이지만, 다른 감정인도 10억이라고 결론 내리면? 진짜 답이 없어요!

3. 부동산을 팔아서 대금을 나누는 것으로 조정해 달라고 사정한다.

네. 이게 정답입니다.

저는 해당 지역 부동산이 하락세라는 자료를 수십 개씩 긁어보아 제출한 다음 이대로 판결이 나면 할아버지는 길거리에 나앉으니 안 된다, 절대 안 된다 하며 재판부에 사정했어요. 재판부도 다행히 제 말에 귀를 기울여줬고, 조정기일을 잡아 상대방을 설득해 상가 건물을 팔아 정리하는 것으로 결론 냈습니다.

휴우, 가끔은 기여도 비율을 정하는 것만으로 끝나지 않을 때가 있어요. 개미 같은 성실함으로 자료를 모으고, 재판부를 설득하는 것이 훨씬 중요할 때가 있습니다.

결혼 앞둔 딸, 아빠와 성이 다른데
청첩장은 어떡하죠?

성과 본 변경허가심판청구 # 친부 동의 # 재혼 가정 # 성인 자녀

Q 저한테는 남들에게 말 못 하는 고민이 있습니다. 올해 스물다섯이 된 딸이 의붓아빠와 성이 다른 게 저한테는 큰 고민입니다. 그런 게 뭐 대단한 고민이냐고 하실 수도 있지만, 딸이 얼마 전부터 좋은 집안의 자제와 결혼을 전제로 만나고 있습니다. 문제는 상대 집안이 아주 보수적이라 제가 딸의 친부와 이혼하고 지금 남편과 재혼했다는 걸 밝힐 수가 없다는 점입니다.

그 집안에서는 저의 지금 남편이 딸의 친아빠인 걸로 알고 있거든요. 만약 청첩장에 적힌 남편의 성과 딸의 성이 다르면 제가 재혼했다는 사실이 밝혀질 것이고, 그렇게 되면 그 집에서 색안경을 끼고 제 딸을 볼 테니 딸의 결혼생활이 아주 힘들어질 수도 있어요.

남들한테는 말 못 하고 저희만 걱정이 태산 같습니다.

　제가 딸의 친아빠인 전 남편과 결혼한 건 대학을 막 졸업한 후였어요. 연애가 뭔지, 결혼이 뭔지 모르면서 남자가 저를 좋다 하고, 그 남자의 부모님도 저를 예뻐하시니 그 남자와 결혼하면 당연히 행복할 줄 알았습니다. 그런데 막상 결혼하고 보니 전 남편은 결혼생활에는 전혀 맞지 않는 사람이었어요. 계속 바람을 피우고 생활비도 주지 않을 때가 많았어요. 아이를 낳으면 나아지려나 했지만 별로 달라지지 않더라고요. 결국 딸이 6살 때 별거를 시작해서 딸 9살 되던 해에 이혼했습니다. 전 남편은 같이 살 때도 딸한테 전혀 관심이 없었고, 별거한 이후부터 지금까지 한 번도 딸을 보러 오거나 양육비를 준 적이 없습니다. 이혼 후에는 완전히 연락이 끊겨서 지금은 어디 사는지도 모릅니다.

　저 혼자서 고군분투하며 딸을 키우다 지금의 남편을 만나서 재혼을 했습니다. 남편은 성실하고 가정적인 사람이며 친아빠보다 더 딸을 사랑해 주어 딸도 아빠라 부르며 진짜 아빠로 생각하고 있어요. 딸의 교육비와 생활비도 지금의 남편이 다 부담했고요. 남편의 두 아이들도 저를 엄마라 부르고 딸과도 친남매처럼 사이좋게 지내기 때문에 다른 사람들은 저희 집이 재혼가정인 걸 모릅니다. 굳이 얘기할 필요가 없어서 저희들도 남들에게 알리지 않았고요.

재혼하고 나서 딸의 성을 의붓아빠 성으로 바꿀까 하는 생각을 했는데, 그때는 아이가 초등학교를 다니고 있어서 갑자기 성이 달라지면 학교 친구들이 이상하게 생각할까봐 걱정이 되어서 못 한 것이 지금까지 오게 되었습니다.

지금이라도 딸의 성을 의붓아빠의 성으로 바꿀 수 있을까요? 성인이 되면 성 변경이 잘 안 된다는 얘기를 들었는데 정말 그런가요?

A 선생님의 고민을 충분히 이해하고 공감합니다. 재혼한 남자선배의 의붓딸 결혼식에서 선생님과 같은 고민을 목격한 적이 있어요. 결혼식장 안내에 적힌 그 선배의 성이 결혼당사자인 의붓딸의 성으로 바뀌어 적혀 있더라고요. 혼주의 성과 결혼당사자의 성이 다르면 재혼가정이라는 게 확연히 드러나니까 그걸 피하고 싶었던 거예요. 재혼가정임을 공개하고 싶지 않은 선배 가족의 고민이 읽혀져서 마음이 짠했습니다. 재혼에 대한 우리 사회의 인식이 많이 바뀌긴 했지만, 재혼이라는 사실이 하객 전체에게 드러나게 되는 결혼식이 아직까지도 재혼가정에 얼마나 부담스러운 행사인지를 그때 알게 되었어요.

선생님의 고민을 해결하기 위해서는 따님이 당사자가 되어 가정법원에 계부의 성과 본으로 변경해 달라는 '성과 본 변경허가심판청구'를 해야 합니다. 성본변경허가심판청구를 하면 가정법원은 성 변경에 대한 친부의 동의서를 제출하라고 할 것입니다. 그런데 친부와 연락이 끊기고 어디 사는지도 모른다고 하니 친부 동의서를 받을 수는 없겠네요.

친부 동의서를 제출하지 못할 경우 가정법원이 친부에게 서류를 보내거나 심문기일에 직접 출석하게 하여 의견을 듣기도 하는데, 선생님 따님 사건에서 가정법원의 연락을 받은 친부가 동의 여부에 대해 침묵하거나 따님의 성 변경에 대해 명시적으로 반대할 경우가 문제입니다. 법률적으로는 친부의 동의가 필수요건이 아니지만, 실질적으로는 친부의 동의가 없는 경우에는 성 변경이 상당히 어렵거든요.

성변경제도가 시행된 시점은 2005년인데, 시행 초기에는 친부의 동의가 없어도 '자녀의 복리'를 근거로 해서 그리 어렵지 않게 성 변경 허가를 받을 수 있었습니다. 그런데 이 제도가 시행된 후 어느 정도 시간이 흐르자 쉬운 성 변경으로 인한 문제가 드러나기 시작했습니다. 계부의 성을 따라 아이의 성을 변경했는데 다시 이혼을 했을 경우 아이의 성을 다시 바꿔야 하는 문제점이 발생했던 것입니다. 이런 문제점이 부각되기 시작한 후 친부의 동의가 없으면 가정법원의 성 변경 허가를 받기가 매우 어려워졌습니다.

다만, 선생님의 경우처럼 친부가 양육비를 지급하지 않고 자녀들을 만나지도 않아서 친부와 자녀들과의 관계가 단절된 경우에는 친부의 동의가 없어도 성 변경을 해줄 확률이 그렇지 않은 경우보다 높습니다. 양육비를 지급하지 않은 친부가 자녀의 성 변경에 반대하는 의사를 명시적으로 표시했지만 자녀의 복리를 이유로 해서 성 변경을 해준 사례도 있고요.

선생님 따님의 경우 또 하나의 변수가 이미 성인이라는 점입니다. 일단 성인이 되면 그간 형성된 사회적, 법률적 관계가 존재하기 때문에 미성년자보다 더 까다롭게 보는 경향이 있습니다. 하지만 선생님처럼 성인 자녀의 결혼을 앞두고 재혼가정임을 밝히는 것이 부담스러워서 성 변경을 하는 경우에 성 변경 허가를 받은 사례가 있으니 가능성은 있습니다.

그래서 반드시 성 변경이 된다고 보장하기는 어렵지만 일단 시도할 가치는 충분히 있다고 봅니다. 성본변경허가심판청구서에 선생님의 따님과 친부의 관계가 단절되었고, 계부가 실질적으로 아빠

역할을 하고 양육비를 부담했다는 점, 선생님 가정이 정서적 유대가 튼튼하다는 사실을 잘 설명하는 것이 필요합니다. 선생님 따님의 성 변경을 찬성하고 희망한다는 내용의 선생님 남편과 남편 자녀들 진술서, 친부와 다름없는 관계를 유지하고 있다는 점을 시각적으로 잘 보여줄 수 있는 가족사진 등을 첨부하시면 성 변경 허가를 받는 데 도움이 될 것입니다. 이런 노력이 선생님 따님의 행복한 결혼생활에 도움이 되기를 바랍니다.

나를 버린 어머니가
10억을 청구합니다

\# 민법 제974조 \# 양육 안 한 부모

☐ Yes

☑ No

☐ Hold

Q 어머니의 지나친 부양료 청구 때문에 고민하고 있는 사람입니다. 어머니는 제가 평생 걸머진 제 마음의 짐입니다. 어머니가 마음의 짐이라니 웬 불효자식이냐 싶으시겠지만 제게는 그럴 만한 이유가 있습니다.

저희 부모님은 20대 초반에 만나 결혼하지 않은 상태에서 저를 낳았습니다. 무슨 이유에서인지 두 분은 결혼을 못 하게 됐고, 아버지가 저를 키우셨습니다. 중학교 때 아버지가 돌아가신 후 어머니 집으로 갔는데 1년 좀 넘어 집을 나올 수밖에 없었습니다. 어머니가 걸핏하면 욕하고 때렸기 때문입니다. 어머니 집을 나온 후에는 친척집을 전전하면서 간신히 고등학교를 마쳤습니다. 고학으로 전

문대에 진학해 기술을 배웠고, 그 기술을 기반으로 해 사업을 시작해서 몇 년 전부터는 어느 정도 기반을 잡았습니다.

어머니는 당시 음식점을 크게 하셔서 돈을 많이 버셨고 호화로운 생활을 했지만, 저를 도와주지는 않았습니다. 고등학교 때 어머니 집에 가서 돈 달라고 사정한 적이 있었는데 아무 소용이 없어 그후 어머니의 도움에 대한 기대는 완전히 접었습니다. 지금이야 살 만하지만 여기까지 오는 과정이 정말 힘들었습니다. 학창시절에는 돈이 없어 밥을 못 먹는 일이 부지기수였으니까요. 하나밖에 없는 자식인 나를 왜 이렇게 대하는지 어머니가 정말 원망스러웠습니다.

한동안 인연을 끊고 살았는데 제가 사업에 성공하자 어머니가 찾아오셨습니다. 세월이 흘러 어린 시절의 원망은 많이 잊혀졌고, 제 아이들에게 친할머니가 있으면 좋겠다 싶어 집에 오시는 걸 굳이 막지는 않았습니다. 그런데 어머니에게는 다른 목적이 있었습니다. 다시 만난 후 시간이 좀 흐르자 어머니는 돈을 요구하기 시작했습니다. 생활비로 월 300만 원을 달라, 목돈을 해달라고 하셔서 제가 안 된다고 했더니 어머니가 얼마 전 제게 부양료 청구를 했습니다. 소장을 보니 제가 엄청난 부자인데 학비와 생활비를 대준 어머니를 부양하지 않는다면서 아파트 한 채 값을 포함해서 10억을 요구한 거예요.

제 기억에 어머니는 부자여서 부동산도 많았고 다시 만났을 때도 형편이 어려워 보이지는 않았는데, 제가 좀 산다 싶으니 돈을 달라고 하시는 것 같습니다. 아무리 부모라지만 어린 저를 버렸던 어머니를 제가 부양해 드려야 하는 건가요? 참으로 기가 막히고 어이가 없습니다.

A 어머니, 정말 너무 하시네요. 부자였는데도 어린 아들을 돌보지 않은 것도 그렇고, 아들이 좀 성공했다고 10억 원이나 달라고 소송까지 하는 것도 그렇고, 참 여러 모로 이해가 안 되는 어머니를 두셨네요. 이런 어머니를 두고도 성공하신 선생님은 참 대단한 분입니다.

선생님 질문에 대해서 우리 법에 대한 설명을 좀 드리면 이렇습니다. 부모 자식 간에 서로 부양을 하는 것은 너무 당연한 일이긴 한데, 이런 당연한 일이 안 될 때를 대비해 법에 규정이 있습니다. 우리 민법 제974조에는 직계혈족과 그 배우자 사이, 생계를 같이 하는 기타 친족간에는 상호 법률상의 부양의무가 있다고 정하고 있거든요.

법률상의 부양의무가 있다는 말의 뜻은 만약 한 쪽이 생활이 어려운데 다른 쪽이 부양을 하지 않으면 부양권리자는 부양료청구소송을 해서 부양료 지급판결을 받을 수 있다는 것입니다. 선생님의 어머니는 이 규정에 따라서 선생님께 부양료 지급청구를 한 것이고요.

그런데 부모 자식 간이라고 해서 무조건 부양청구를 할 수 있는 건 아니고, 부양을 청구하는 사람이 스스로 살 능력이 안 되어야만 합니다. 법 규정에는 '부양을 받을 자가 자기의 자력 또는 근로에 의하여 생활을 유지할 수 없는 경우'라고 되어 있지요. 만약 어머니가 재산이 있다면 어머니의 부양청구는 기각됩니다. 어머니의 재산에 대해서는 소송과정에서 재산조회를 해서 알아보실 수 있고요.

재산조회를 했는데 어머니가 정말 스스로 살 수 없는 상태라는 사실이 확인되었다면 어머니에게 아들인 선생님께 부양을 청구할 권리가 있는 건 맞습니다. 선생님 어머니처럼 어린 자식을 돌보지 않은 부모에게도 부양청구권이 있는지가 문제인데, 우리 법원은 부모가 자식에 대한 양육책임을 다했는지와 관계없이 부모가 부양청구권을 갖는다는 입장입니다.

구체적인 판례를 보면 본처와 미성년 자녀를 버리고 20년 넘게 첩과 살았던 아버지가 나이 들어 본처의 자식들에게 부양료를 청구한 경우에도 자식들은 부양료를 지급해야 한다고 했습니다. 어린 시절 부모한테 버림받은 자식들로서는 상당히 억울할 수도 있는 결론이긴 합니다.

하지만 양육을 안 한 부모가 부양료 청구를 할 경우 법원이 인정하는 부양료는 많지 않습니다. 부양의무자인 자녀의 경제적인 상황에 따라서 달라질 수는 있지만, 보통은 월 10만~20만 원 정도의 부양료를 정합니다. 부양청구권 자체는 인정하지만 미성년 자녀 양육을 거부한 부모의 손을 완전히 들어주지는 않는 것이지요. 이런 법원의 입장을 고려해 보면 선생님의 어머니가 10억 원을 청구하긴 했지만 판결로 받을 수 있는 실제 부양료는 법원의 이전 판결들과 비슷할 것으로 예상됩니다.

여기까지는 선생님의 질문에 대한 현실적인 법률을 통해 드리는 답변입니다. 현실 법률을 넘어서 인간적이고 도덕적인 답변을 어떻게 할 수 있을지, 과연 부양료 지급을 해야 하는지 등등 훨씬 더 어려운 문제는 선생님의 몫입니다.

호적에 없다고
생모 재산을 못 받나요?

친자관계부존재확인소송 # 친자관계존재확인소송
처분금지가처분 # 상속재산분할심판청구소송

Q. 돌아가신 생모의 재산 상속 때문에 문의드립니다. 제 동생이 제가 어머니 호적에 딸로 안 나온다면서 어머니 재산을 혼자 갖겠다고 그러네요. 호적상으로만 보면 저희 어머니와 제가 아무런 관계가 없거든요.

저희 어머니가 아버지와 결혼하기 전 저를 임신했는데, 아버지가 그만 집안에서 정한 여자분과 결혼하는 바람에 어머니는 미혼모로 저를 낳으셨습니다. 제가 태어나자 아버지는 저를 아버지 호적에 올리면서 아버지의 법률상 아내(저는 그분을 큰어머니라고 불렀습니다)가 낳은 것으로 하여 그분이 저의 호적상 어머니로 되어 있어요. 제가 태어난 후 어머니는 저를 데리고 다른 남자와 결혼을 해서 남동생을 낳았고, 저는 남동생과 같이 자랐습니다. 아버지가 다르긴 했지만 하나뿐인 동생이라서 나름 사이좋게 지냈고요.

그런데 1년 전 어머니가 돌아가신 후에 동생의 태도가 돌변한 거예요. 저와 남동생이 같이 살았던 집이 어머니 소유였는데, 어머니가 돌아가신 후에도 동생이 그 집에 계속 살고 있었어요. 동생이 살고 있는 집을 팔자고 하기가 미안해서 동생이 먼저 재산분배 얘기를 꺼내길 조용히 기다리고 있었는데, 한 달쯤 전에 등기부를 떼 보니 그 집 명의가 남동생으로 바뀌어 있는 거예요. 제가 깜짝 놀라서 동생한테 어떻게 된 거냐고 물었더니 동생 말이 저는 호적상 어머니 딸이 아니라서 상속인 자격이 없으니까 어머니 집은 자기 혼자 상속받는 게 맞다는 거예요.

전 아무래도 납득이 안 가네요. 호적상으로야 어머니와 제가 남남이지만, 제가 딸이라는 사실은 분명한데 제가 어머니 재산 상속을 못 받는다니 이해가 안 돼요. 정말 동생 말대로 저는 어머니 재산을 못 받는 건가요? 제가 어머니 재산을 받으려면 어떻게 해야 하나요?

A 20년 넘게 변호사일을 하면서 돈 때문에 사람이 달라지는 걸 숱하게 봐오긴 했지만, 저는 아직도 이런 얘기를 들으면 마음이 슬퍼집니다. 어머니가 돌아가셨으면 누나가 하나밖에 없는 혈육인데 동생이 너무 심했네요. 하나뿐인 누나를 거짓말로 속이면서까지 그 집을 혼자 갖고 싶었을까요? 혼자 갖겠다고 아무리 욕심을 부린들 그대로 될 리가 없거든요. 결국 집도 혼자 못 갖고 누나와의 우애까지 잃게 되었으니, 참 어리석은 동생이네요.

일단, 선생님이 호적상(지금은 호적이 폐지되었고 가족관계등록부라고 합니다) 어머니가 다른 사람이니까 생모의 재산 상속을 못 받는다는 동생 말은 완전히 틀린 얘기니까 안심하세요. 재산 상속의 기준이 되는 가족관계는 실제로 혈연관계가 있느냐를 기준으로 하지 가족관계등록부의 기재를 기준으로 하지는 않습니다. 선생님처럼 가족관계등록부의 기재가 실제 혈연관계와 다른 사람들이 적지 않은데, 이런 경우에는 실질적인 혈연관계를 증명해서 가족관계등록부의 기재를 고칠 수 있거든요.

그러니까 선생님은 먼저 가족관계등록부 기재를 고치고, 그다음에 상속재산분할을 청구하면 되는데, 가족관계등록부는 그 사람의

가족관계를 나타내는 중요한 공부(公簿)니까 쉽게 고쳐주지는 않아
요. 법원의 판결이 있어야만 고칠 수가 있습니다. 지금부터 세 가지
소송을 거쳐야만 선생님이 어머니의 집을 상속받을 수 있습니다.

먼저 가족관계등록부의 기재를 고치기 위해서 두 가지 소송이
필요합니다. 가족관계등록부상의 모친인 큰어머니를 피고로 해서
큰어머니와 선생님 간에 혈연관계가 존재하지 않는다는 것을 증명
하기 위한 친자관계부존재확인소송을 하시고, 돌아가신 어머니를
피고로 해서 친자관계존재확인소송을 하셔야 합니다. 예전에는 가
족관계등록부상 모친과의 친자관계부존재확인판결만으로 가족관
계등록부 기재를 고쳐주었는데, 최근에는 행정관청이 생모와의 친
자관계존재확인판결을 요구하는 경우가 많기 때문에 두 가지 소송
을 한꺼번에 하시는 편이 안전합니다.

이 두 가지 소송을 하셔서 가족관계등록부상의 기재를 고친 후
에는 동생을 상대로 해서 상속재산분할심판청구소송을 해서 어머
니 집을 분할받으시면 됩니다. 혹시 동생이 어머니 집을 나눠 주지
않으려고 어머니 집을 선생님 몰래 처분해 버릴 수도 있으니까 이
런 사태를 막기 위해서 미리 어머니 집에 처분금지가처분을 해두
시는 것이 꼭 필요하다는 점에 주의하시고요.

소송을 세 가지나 해야 하다니 너무 복잡하다고 생각하실 수도 있지만, 소송을 시작해서 시간이 흐르기만 하면 내가 원하는 판결을 받을 수 있는 경우니까 안심하고 시작하셔도 됩니다.

한 가지 당부를 드리고 싶은 점은 어머니 집을 분할받고 난 다음 동생과 잘 얘기를 해서 남매간의 우애를 회복하시라는 겁니다. 어머니 집을 독차지하려는 동생이 괘씸하게 생각되시겠지만, 원래 사람은 눈앞에 이익이 보이면 욕심에 판단력이 흐려지는 존재입니다. 내가 그런 입장이었을 때 나는 절대 안 그럴 거라는 장담을 할 수 없더라고요. 그러니 어리석은 동생을 너그럽게 용서해 주시고, 하나밖에 없는 동기간의 정을 보존하시길 바랍니다.

아들의 존재를 숨겨주는
대가가 5억?

☐ Yes

☑ No

☐ Hold

혼외자 # 인지청구 # 유전자 검사 # 상속권

Q 환갑을 눈앞에 둔 남자입니다. 대기업 임원으로 일하다가 1년 전 퇴직해 새로운 일거리를 찾고 있는 중입니다.

얼마 전 옛 여자친구의 전화를 받았습니다. 부끄럽지만 고백하자면 제가 7년 전쯤 아내 이외의 다른 여자를 1년 정도 만나다가 헤어진 적이 있습니다. 그 여자는 저와 헤어진 후 결혼해서 아들을 낳았다고 들었습니다. 아내와 헤어질 생각은 없었기에 그 여자가 결혼해 안정을 찾아 다행이라고 생각하며 마음으로 축복해 주었습니다.

그런데 며칠 전 그 여자가 전화를 해서 결혼해 낳은 아들은 남편의 아이가 아니라 저의 아이라고 했습니다. 남편이 그 사실을 알게 되어 이혼하고 지금은 혼자 아들을 키운다면서 제가 5억 원을 주면 아들의 존재를 밝히지 않고 끝까지 비밀로 해주겠다고 합니다. 퇴직해서 집에서 지내는 것만으로도 아내의 눈치를 살펴야 하는 상황인데 숨겨놓은 아들까지 있다고 하면 이혼당할지도 몰라 정말 걱정이 태산입니다. 아들의 존재를 숨길 수만 있다면 어떻게든 돈을 만들어주고 싶긴 해요.

그러나 5억 원을 받고 난 후 돈을 더 요구하거나 애초 약속과는 달리 아들의 존재를 밝힐까봐 고민입니다. 5억 원을 받고 아이 존재를 밝히지 않는다는 합의서를 쓰면 이 합의서가 효력이 있을까요? 전화를 받은 후부터 매순간 가시방석에 앉은 듯 괴롭습니다.

A 아이고, 이를 어쩌나요. 얘기를 듣는 제 마음도 정말 괴롭습니다. 평온한 노후가 위태로운 선생님, 남편의 배신으로 고통받을 사모님, 아빠의 존재를 모르고 자랄 아이, 혼자 양육을 책임져야 할 아이엄마, 어느 누구의 고통도 가볍지 않네요. 꼬여버린 이 인연을 도대체 어떻게 풀어야 할지 답답하지만 마음을 가라앉히고 일단 법률적인 설명을 드리겠습니다.

이 사안의 아들과 같은 위치의 혼외자는 친부가 자기 자식으로 인정하는 '인지(認知)'신고를 해줘야 정식 혼인관계에서 낳은 자녀와 같은 법적 지위를 갖게 됩니다. 만약 아버지가 인지를 거부하면 자녀와 자녀의 법정대리인(아이엄마)은 친부에 대해 인지청구소송을 해서 자식으로 인정받을 수 있습니다. 인지절차를 거쳐서 가족관계등록부에 기재되면 자식으로서 아버지에 대해 부양을 청구할 수 있는 권리와 상속 받을 권리가 생깁니다.

혼외자의 인지와 관련된 사건에서 보통은 아이엄마가 친부의 인지신고를 요청하다가 친부가 수용하지 않으면 그때 소송을 합니다. 소송은 인지청구와 함께 양육비 청구를 하는데 양육비 청구에는 아이 출생 후 소송제기 시점까지의 과거양육비를 같이 청구하는 것이 일반적입니다. 혹은 부친 생전에는 조용히 있다가 부친 사망으로 상속이 개시되면 그때 인지청구를 하면서 상속권을 주장하기도 합니다. 이 과정에서 대체로 '돈을 주면 아이의 존재를 비밀로 해주겠다'는 아이엄마 측의 제안이 한 번쯤 있게 마련입니다.

그래서인지 '돈을 받고 인지청구를 포기한다'는 합의서의 법적인 효력에 대한 판례도 있습니다. 그 판례는 혼외자 측이 거액의 돈을 받고 인지청구를 포기하겠다고 합의서를 썼는데 부친이 사망하자 약속을 어기고 인지청구와 상속재산분할을 요구한 사건에

관한 것입니다.

소송을 당한 측에서 혼외자 측의 요구가 합의내용과 달라서 부당하다고 주장했지만, 법원은 받아들이지 않았습니다. 합의내용이 '처분할 수 없는 신분관계의 처분'에 대한 것이라서 법적 효력이 없다는 것이 근거입니다. 쉽게 말해 핏줄을 속인다는 합의는 무효라고 본 것입니다.

이런 판례를 보면 선생님이 5억 원을 아이엄마에게 주고 합의서를 쓴들 그 합의서는 효력이 인정되지 않을 것입니다. 그간의 경험으로 미뤄보면 혼외자의 존재가 끝까지 비밀로 남기는 어려운 것 같습니다.

만약 선생님 생전에 비밀을 지켜준다 하더라도 선생님이 사망한 후에는 인지청구와 함께 상속권을 주장한다고 보셔야 합니다. 장례식장에서 숨겨둔 아들이 처음 등장하는 상황이 벌어질 수도 있습니다.

이런 모든 사정을 고려해 결정을 내리셔야 합니다. 감히 제 의견을 말씀드린다면 먼저 유전자검사를 통해 친자 여부를 확인하고, 친자가 맞다면 아이엄마에게 적정한 양육비를 지급하면서 가족들에게는 아들의 존재를 밝히고, 용서와 이해를 구하시는 게 맞지 않나 싶습니다. 어차피 숨길 수도 없는 것을 숨기려다 가족들과 아이에게 더 큰 상처와 충격을 주는 것보다는 나은 선택이 아닐까 합니다.

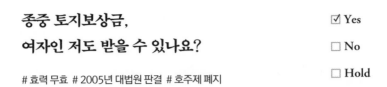

종중 토지보상금,
여자인 저도 받을 수 있나요?

☑ Yes
☐ No
☐ Hold

효력 무효 # 2005년 대법원 판결 # 호주제 폐지

Q. 종중 땅 보상금을 여자인 저도 받을 수 있는지 알고 싶습니다. 저희 종중 재산이었던 땅이 얼마 전 국가에 수용됐는데 보상금을 남자들한테만 나눠 준다고 하네요. 여자들한테도 나눠 달라고 했더니 "출가외인인 여자가 종중 재산을 왜 받겠다는 거냐", "남자들한테만 분배하기로 이미 총회결의를 했다"며 여자들한테는 못 준다고 합니다. 저한테는 총회결의한다는 통지도 없었는데 말이죠.

남녀가 평등한 시대에 여자라고 종중 재산을 안 준다는 건 너무 고리타분한 생각인 것 같아요. 정말 종중 말대로 여자후손들한테는 종중 땅 보상금을 받을 권리가 없는 건가요? 저는 꼭 받고 싶은데 종중 땅 보상금을 받으려면 어떻게 해야 하나요?

A 남녀가 평등한 이 시대에 여자라고 종중 재산을 못 받는 다고 생각하다니 정말 말씀하신 대로 고리타분한 사람들 이네요. 2005년 대법원이 여자도 종중원이라고 인정했고, 그로부 터 오랜 세월이 지났는데도 아직도 이런 분들이 있군요. 역시 목 마른 사람이 우물을 파야지, 가만 있다고 물 떠다 바치는 세상은 아닌가 봅니다.

종중 토지보상금을 받으려면 먼저 여자도 종중의 구성원으로 인 정을 받아야 하는데요. 사실 2005년 대법원에서 여자도 종중 구성 원이라는 판결을 하기 전까지는 성인남자만 종중원이라 봤고, 판결 에서도 이런 시각이 쭉 유지돼 왔습니다.

그런데 2005년 7월 21일 대법원에서 마침내 '공동선조와 성과 본을 같이 하는 후손은 성별 구별 없이 성년이 되면 당연히 그 구성 원이 된다고 보는 것이 조리에 합당하다'는 획기적인 판결을 내려 여성에게 종중원으로서의 지위를 인정해 주었습니다. 당시 '딸들의 반란'이라고 불리면서 큰 관심을 모았던 판결이지요.

그래서 이 판결선고일 이후에는 여성도 종중원으로서 종중총회에 참석할 권리가 있기 때문에 여성종중원에게 소집통지를 하지 않고 열린 종중총회는 효력이 없습니다. 그러니까 남자들끼리만 모여서 남자들만 토지보상금을 나눈다고 결의해 봤자 그 결의는 법적인 효력이 없으니까 여자 후손들은 그 결의를 인정할 필요가 없습니다.

간혹 여자들은 종중원 자격이 없다거나 여자들에게는 종중 재산 분배를 하지 않는다는 종중규약을 만들거나, 총회결의를 하는 경우도 있는데, 이런 규약과 총회결의들도 역시 무효입니다. 남자들한테는 많이 주고 여자들한테는 적게 준다는 총회결의가 무효라는 판결도 있고요. 여자들에게 종중 재산을 안 주겠다고 여러 꼼수를 부려야 별 소용이 없다는 게 우리 대법원의 입장이에요.

결론적으로 선생님을 포함한 여자후손들도 종중 토지수용보상금을 나눠 받을 수 있는 권리가 있습니다. 문제는 그 과정이 약간 복잡하다는 거지요. 종중에서 그냥 여자들에게 주겠다고 알아서 입장을 바꾸면 간단한데, 기득권자들이 자기 권리를 그리 쉽게 포기를 안 하거든요. 그러면 남자들한테만 종중 토지보상금을 준다는 기존의 결의가 무효임을 확인해 달라는 소송을 해서 판결받은 후 종중 토지보상금을 분배하는 문제에 대해 새로운 종중총회를 열어서 여자들도 분배받는다는 결의를 다시 해야 하거든요.

이렇게 하려면 시간과 노력이 만만치 않게 드는 건 사실이에요. 자기 권리를 주장하는 일이 거저 되지는 않습니다. 그래도 시작만 하면 받을 수 있으니까 포기하지 마시고 자기 권리를 찾아보세요.

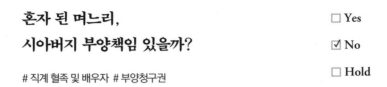

혼자 된 며느리,
시아버지 부양책임 있을까?

☐ Yes
☑ No
☐ Hold

\# 직계 혈족 및 배우자 \# 부양청구권

Q. 혼자 살고 있는 73세 노인인데 살기가 막막해서 질문드립니다. 제가 7~8년 전까지는 경비로 일해서 돈을 벌었고 돈을 못 벌게 되면서부터는 큰아들이 조금씩 생활비를 대줘서 살았습니다. 그런데 2년 전 큰아들이 사고로 죽고 난 후부터 생활비를 주는 사람이 없습니다. 그동안은 제가 갖고 있던 얼마 안 되는 예금을 가지고 버텨왔는데, 이제 그것도 얼마 남지 않았습니다.

아들 둘이 더 있기는 하지만 둘 다 형편이 어려워 차마 손을 벌릴 수가 없네요. 큰며느리가 가장 잘 사는 편이라 생활비를 조금이라도 달라고 해보았지만, 큰며느리는 여유가 없다면서 딱 잘라 거절하더군요. 어떻게 살아야 할지 참 막막한데 누군가 큰며느리한테 재판을 걸어 부양료를 청구하면 된다고 합니다. 그렇게 하면 생활비를 조금이라도 받을 수 있을까요?

며느리도 자기 입장이 있겠지만 저도 하고 싶은 말이 많습니다. 지금 며느리 재산은 큰아들이 번 것이고, 제가 형편이 어려운 와중에도 큰아들 교육비만은 힘들게 대줬으니까 따지고 보면 그 재산은 제가 만들어준 셈입니다. 다른 두 아들들은 큰아들만큼 못 해줘서 지금도 저를 원망하고 있고요. 큰아들이 잘되면 다 해결될 줄 알았는데 정말 씁쓸합니다.

A 참 답답합니다. 큰며느리가 스스로 선생님 생활비를 대준다면 좋을 텐데 그게 안 되나 보네요. 한 다리 건너가 천리라더니 이 경우를 두고 한 말인 듯싶네요. 안타깝지만 큰며느리한테 재판을 걸어도 생활비를 받을 수는 없습니다. 원래 우리 법에는 일정한 친족관계에 있는 사람에게 법적으로 부양료를 청구할 수 있도록 규정되어 있는데, 선생님 경우에는 적용이 안 되거든요.

우리 민법은 ① 직계혈족 및 그 배우자 간 ② 생계를 같이 하는 친족(8촌 이내의 혈족, 4촌 이내의 인척, 배우자) 간에는 법적인 부양의무를 인정하고 있습니다(민법 제974조). 법적인 부양의무의 의미는 부양 의무자가 자발적으로 부양을 하지 않을 경우에는 재판으로 부양료 청구를 해서 부양료 지급판결을 받을 수 있다는 뜻입니다. 선생님 이 큰며느리에게 생활비를 청구하려면 선생님과 큰며느리 사이에 민법 제974조에 정한 관계 두 가지 중 하나가 성립해야 하는데 그 렇지 못합니다.

선생님 큰아들처럼 부부 중 한 쪽이 사망할 경우 부부간의 혼인 관계는 바로 소멸하지만, 혼인으로 인해서 발생한 인척관계는 일단 그대로 유지되다가 살아 있는 배우자가 재혼한 경우에 비로소 종 료됩니다. 즉 큰아들이 사망하여 큰아들과 큰며느리의 혼인관계는 끝났지만, 시아버지-며느리 관계(인척관계)는 큰며느리가 재혼하기 전까지는 남아 있는 것이지요.

그러니까 선생님의 큰며느리는 더이상 큰아들의 배우자가 아니 라서 ①번 '직계혈족 및 그 배우자 간'은 아니고, 아직 큰며느리가 재혼하지 않았으니까 ②번 친족관계에 해당됩니다. 그런데 위 ②번 친족 간에는 생계를 같이 하는 경우에 한해서 부양의무가 있으니 까, 선생님이 큰며느리와 같이 살고 있지 않은 현재로서는 큰며느리에게 부양료 청구를 할 수 없는 것이지요.

　두 아드님은 법적인 부양의무가 있으니 두 아드님께는 재판을 걸어 생활비를 받을 수 있긴 합니다. 만약 이것도 안 되면 국가나 지방자치단체의 도움을 받을 수 있는 방법을 알아보시는 게 좋을 것 같네요. 희망적인 얘기를 못 드려서 죄송합니다.

21살 아들의 양육비,
지금이라도 받을 수 있나요?

☑ Yes
☐ No
☐ Hold

\# 과거양육비청구소송 \# 독박 양육

Q 지푸라기라도 잡고 싶은 심정에서 질문을 드려요. 제가 얼마 전 암 진단을 받고 수술을 했는데 치료비가 없어요. 아프니까 일도 못 하고 모아놓은 재산도 없어서 정말 살기가 너무 어렵거든요.

21년 전 저는 아이아빠를 만나서 임신을 했는데, 아이아빠가 마음이 변해서 다른 여자와 결혼을 해버렸어요. 생긴 아이를 지울 수 없어서 저는 아들을 낳았고 그때부터 지금까지 결혼도 안 하고 화장품 판매사원, 백화점 판매직원, 보험설계사, 호프집 주방일도 하면서 혼자서 아들을 키웠지요. 아들이 학교 들어갈 때쯤 해서 호적정리를 해달라고 했는데 아이아빠는 냉정하게 거절하더군요. 어쩔 수 없이 아들을 친정오빠의 호적에 올렸구요.

호적에 올리는 걸 거부하는 사람이니 양육비인들 주었겠어요? 태어나서 지금까지 아들 양육비라곤 단 한 푼도 안 줬고 아들을 보러오지도 않았어요. 처음에는 양육비 달라고 몇 번 얘기해 봤는데 들은 척도 안 하더라고요. 어차피 달라고 해도 안 주는데 저만 비참해지는 것 같아서 그냥 포기해 버리고 그 이후에는 한 번도 달라고 안 했어요. 아들 크는 동안에는 제가 돈을 계속 벌었기 때문에 그럭저럭 살았는데 일 년 전쯤 암 진단을 받고 일을 못 하게 됐어요. 아들 키우느라 모아놓은 돈도 없고요.

암 진단을 받고 아들을 시켜서 아이아빠한테 아들 양육비라고 생각하고 좀 도와달라고 했는데 안 된다고 하더라고요. 10년이 넘으면 양육비 줄 의무가 없어지고, 아들이 다 컸으니까 양육비는 안 줘도 된다고 했대요. 너무 오래된 일이긴 하지만 지금이라도 아이 아빠한테 아들 양육비를 받을 수 있을까요? 아이아빠는 버젓한 직장에 다니면서 돈도 좀 모은 것 같아요.

A 아들 양육비는 지금이라도 청구하시면 받을 수 있어요. 아이 키우는 데 돈이 든다는 건 너무 당연한 건데 부모로

서 해야 할 이 당연한 의무를 안 하는 사람들을 법원이 그냥 내버려두지는 않는답니다.

아이아빠가 10년이 넘으면 양육비를 줄 의무가 없어지고 아들이 다 크면 양육비를 안 줘도 된다고 했다는데, 그건 완전히 틀린 얘기예요. 물론 일반적인 채권은 소멸시효라고 해서 일정한 기간 동안 권리행사를 안 하면 채권이 소멸되지요. 채권의 소멸시효가 보통 10년이라서 아이아빠가 10년 넘으면 양육비 줄 의무가 없어진다고 한 듯해요.

하지만 양육비에 관해서는 법원이 소멸시효를 일반적인 채권과 다르게 정하고 있어요. 우리 법원이 양육비는 당사자의 협의 또는 가정법원의 심판에 의해서 양육비 지급의 구체적인 내용이 확정이 돼야만 소멸시효 진행이 시작된다고 하거든요. 그러니까 양육비는 구체적인 내용이 정해진 적이 없다면 아무리 오랜 시간이 지나도 받을 수 있고, 아이가 다 커서 어른이 된 다음에도 받을 수 있어요. 양육비는 아이 키우는 데 들어가는 돈이니까 최대한 보호해 주려고 법원이 예외적으로 시효를 아주 길게 늘려준 것이라고 할 수 있지요.

선생님의 경우에 양육비를 얼마로 할 건지, 언제 줄 건지 등에 대해 가정법원 심판이나 당사자 협의에 의해서 구체적인 내용을 정한 적이 없기 때문에 소멸시효 진행이 시작되지 않은 상태입니다. 지금이라도 양육비를 달라고 하면 아이아빠는 줄 의무가 있어요. 대신 과거의 양육비를 한꺼번에 청구하는 경우에는 일시에 거액을 줘야 한다는 점을 감안해서 법원이 양육비를 월별로 분할받는 경우보다는 금액을 줄여서 정한답니다. 그래도 받을 수 있으니 정말 다행이죠.

　청구만 하시면 되니까 지금이라도 아이아빠한테 과거양육비청구소송을 해보세요. 다행히 아이아빠가 재산이 있다니 양육비 받기는 어렵지 않겠네요. 치료 잘 하셔서 건강 회복하시고 아드님과 행복하게 지내세요.

10년 넘게 어머니 병수발한 대가를 받고 싶어요

☑ Yes
☐ No
☐ Hold

기여분제도 # 기여분청구

Q. 얼마 전 어머니가 돌아가셨습니다. 돌아가신 어머니는 집 한 채를 남기셨는데, 어머니는 생전에 늘 그 집은 저한테 주시겠다고 하셨습니다.

어머니가 그렇게 말씀하셨던 이유는 제가 10년 넘게 편찮으신 어머니를 모시고 살았기 때문입니다. 어머니는 돌아가시기 10여 년 전부터 지병인 심장병과 고혈압으로 여러 차례 입원하셨는데, 그 병원 뒷바라지는 모두 제가 도맡아했습니다.

자식이라곤 누나와 저밖에 없는데, 누나는 멀리 산다는 평계로 명절에나 한 번씩 내려오고 어머니 병간호는 완전히 나몰라라 했습니다. 어머니 생활비와 약값, 병원비도 물론 저희 부부가 다 댔지요. 돌아가시기 2~3년 전부터는 치매증상도 나타나서 저와 아내는 정말 힘들었지만, 그래도 자식 된 도리를 해야 한다는 생각으로 견뎠습니다.

누나가 완전히 모른 체하는 게 서운하긴 했지만 그래도 서운한 티를 내면 어머니가 마음 아프실까봐 내색 한 번 하지 않았습니다. 누나도 사는 게 힘드니 그러겠지, 그나마 형편이 나은 내가 어머니를 모시면 된다 이렇게 생각했습니다. 어머니는 저한테 미안하셨는지 누나가 오면 늘 어머니 집은 저한테 준다고 하셨고, 누나도 그러지 말라는 말을 한 번도 안 해서 저는 어머니 집은 당연히 제가 갖는 걸로 알고 있었습니다.

그런데 막상 어머니 장례식이 끝나고 나니까 누나가 자기도 자식이니 어머니 집을 공평하게 나누자고 합니다. 어떻게 그럴 수가 있냐고 했더니 어머니하고 같이 산 거 말고 한 게 뭐 있느냐, 유언장이 없으니까 상속은 똑같이 받는다고 하더라고요. 정말 어이가 없었습니다. 원래 어머니 집 값이 얼마 안 돼서 관심이 없다가 얼마 전 어머니 집이 있는 지역에 개발계획이 발표되니까 누나가 욕심이 생긴 것 같습니다.

어머니 봉양하느라 10년 넘게 고생한 저와 나몰라라 했던 누나가 어머니 집을 똑같이 나눈다는 건 말도 안 됩니다. 무엇보다 어머니 모시느라 10년 넘게 고생한 아내한테 너무 미안해서 도저히 그럴 수 없습니다. 제가 어머니 모신 대가를 받을 수 있는 방법에 대해 알고 싶습니다.

A 얘기를 들어보니 누님 정말 너무 하시네요. 누님이 어머님 병수발을 잠깐이라도 했다면 절대 그런 얘기는 할 수 없었을 텐데 말이죠. 누구나 자신이 하지 않은 수고는 가치를 알기 어려운가 봅니다. 선생님의 누님만 그런 건 아니고, 같은 동기간이라도 부모님 모신 공을 알아주지 않아 상속재산 분배를 둘러싸고 다투는 경우가 적지 않더라고요.

하지만 누님이 선생님의 수고를 알아주지 않는다고 해도 법원은 알아주고, 선생님의 고생에 대한 보답을 해줍니다. 바로 우리 민법이 인정하고 있는 '기여분' 제도란 것인데요. 기여분 제도는 공동상속인 중에서 피상속인(돌아가신 분)을 특별히 부양했거나 피상속인 재산의 유지 또는 증가에 관하여 특별히 기여했을 경우, 이런 기여를 법원이 평가해서 그만큼 상속재산을 더 가질 수 있게 해주는 것입니다. 효자에게 재산을 더 주는 거라고 보시면 됩니다.

그런데 사실 불과 몇 년 전만 하더라도 법조문에는 써 있었는데 법원이 기여분을 적극적으로 인정해 주는 분위기는 아니었습니다. 2010년 이전에 나온 가정법원의 판결들을 보면 웬만해서는 기여분을 잘 인정해 주지 않았거든요. 예를 들어, 아들이 단독으로 부모 생활비를 부담하고 부모집의 보증금을 부담한 경우, 아버지를 모시고 살면서 돌아가실 때까지 간병한 경우에도 자식으로서 당연히 해야 하는 부양의무라고 했습니다. 또한 매월 30만 원씩 용돈을 드리고 병원비 등을 댄 경우에도 통상적인 부양의 범위를 벗어나지 않는다고 했습니다. 자식이 부모를 봉양하는 게 당연하지, 그게 뭐 특별하냐는 태도였지요. 부모님 사업을 같이 해서 재산을 늘려주었거나, 상당히 많은 돈을 드리거나, 아주 힘든 병구완을 하는 경우에나 기여분이 인정되곤 했습니다.

하지만 최근에는 가정법원이 기여분을 예전보다 관대하게 인정해 주는 추세인 게 확실해 보입니다. 부모님을 모시고 살았던 경우나 같이 살지 않더라도 주말과 휴일에 부모님을 찾아서 생활을 돌봐드린 경우에도 기여분을 인정해 주는 판결들이 나오고 있습니다. 10년간 수입이 없는 부친의 생활비를 대고 치료비와 약값을 대는 등 간병을 하면서 부친 집을 관리해 준 경우에 기여분 30%가 인정됐습니다. 부모님을 모시고 살지 않았지만 주말과 휴일에 가서 돌봐드린 것만으로도 기여분이 인정된 사례입니다. 상당한 기간 부모님을 모시고 살면서 간병하고 부양을 해드린 경우에는 그 이상 인정된 경우도 나오고 있고요. 자식들이 부모님을 모시고 사는 것 자체를 특별한 효도로 인정해 주는 시대가 된 것이지요.

이런 추세를 보면 선생님이 기여분 청구를 하면 기여분을 인정받기는 어렵지 않을 것 같습니다. 어머님의 유지대로 어머님 집 전체를 선생님이 다 받으실 수 있을지는 장담하기 어렵지만, 최근 판례의 경향을 보면 기여분으로 50% 정도는 가능할 것으로 보입니다. 어머님 집의 50%를 기여분으로 받고 나머지 50%의 1/2인 25%를 선생님의 법정상속분으로 받을 수 있으니 결과적으로 75%를 받게 됩니다. 이 정도면 억울한 마음이 좀 풀리실까요?

우선 누님하고 선생님의 기여분을 얼마로 할 것인가에 대해서 의논을 해보고, 얘기가 잘 안 되면 가정법원에 상속재산분할심판청구와 함께 기여분청구를 하시면 선생님의 문제가 잘 해결될 것입니다. 만족스러운 결과가 나오길 바랍니다.

괘씸한 아들에게 준
10억 땅 돌려받을 수 있나요?

□ Yes
☑ No
□ Hold

자필유언 # 공증유언

Q. 얼마 전 저희 아버지가 암 진단을 받으셨습니다. 암 진단 받기 전에도 여러 가지 지병으로 건강이 안 좋으셨고 연세도 80이 넘으셔서 앞으로 오래 사시긴 어려울 것 같습니다. 아버지 스스로도 그렇게 생각하시는지 지금까지 미뤄두었던 재산 분배 문제를 정리하고 싶어 하십니다.

저희 부모님은 자식을 둘 두셨는데 저와 남동생입니다. 아버지께는 동생이 세상에서 가장 귀한 자식인 동시에 가장 미운 자식입니다. 결혼 후 간절하게 아들을 바라셨던 아버지는 첫째인 제가 딸이라서 실망을 많이 하셨다가 남동생이 태어나서 정말 좋아하셨습니다. 제가 어릴 적에는 동생만 표나게 편애하셔서 제가 부모님께

서운했던 적이 많았지요.

그런데 아버지의 온갖 사랑을 받고 자란 동생이 아버지의 기대만큼 잘 해주지 못했습니다. 대학도 잘 가지 못했고 좋은 직장도 잡지 못했습니다. 아버지는 동생에게 조금씩 실망하시기 시작했는데 결정적인 것은 동생의 결혼이었습니다. 동생은 부모님이 극구 반대하시는 여자와 결혼을 강행해서 그것 때문에 부모님과 동생의 사이가 틀어지게 되었지요. 부모님이 올케에게 모질게 대한 것 때문에 올케와 동생도 불화가 잦아서 결국 이혼했고요. 그때부터 동생은 부모님을 원망하면서 발길을 끊었습니다. 이혼한 아들이 불쌍하다고 아버지가 동생에게 10억짜리 땅을 주셨지만 그래도 별 소용이 없었습니다.

지금까지 10년 넘게 동생은 부모님과 의절한 상태로 살고 있고, 제가 혼자서 부모님 병구완 등 뒷바라지를 해오고 있습니다. 의절한 시간이 오래되니 아버지도 아들에 대한 기대를 완전히 접고 동생에게는 재산을 주지 않겠다고 하십니다.

저희 아버지는 재산을 받고 10년 넘게 부모를 돌보지 않았으니 동생에게 준 땅을 돌려받고 싶어 하시는데 이게 가능한가요? 그리고 아버지가 딸인 저한테 재산을 다 물려주려면 어떤 방법을 취해야 하나요? 아버지가 TV에서 변호사들이 나와 유언은 군이 공증할 필요 없이 자필로 쓰면 효력이 있다고 하면서 자필유언장을 쓴다고 하시는데, 그렇게 하면 되는 건가요? 아버지의 재산은 50억 정도 되는 땅과 15억 정도 되는 집, 현금 5억 원 정도이고, 어머님은 몇 년 전 돌아가셔서 상속인은 동생과 저 둘뿐입니다.

A 10년 넘게 연락을 끊은 아들에게 재산을 물려주고 싶지 않다는 아버님의 심정, 충분히 이해됩니다. 선생님의 아버님만이 아니라 많은 부모님들이 괘씸한 자식에게 재산을 안 주려면 어떻게 해야 하는지 물어보시거든요. 하지만 아무리 미운 자식이라도 재산을 안 주기가 매우 어렵습니다.

우선, 10년 넘게 연락을 끊은 아들로부터 이미 준 10억짜리 토지를 돌려받을 수 있는지 알아보겠습니다. 다른 사람에게 뭔가를 주는 것은 법률적으로는 '증여'인데 우리 법에는 조건부증여가 아닌 한, 일단 증여가 이행되고 나면 증여를 취소할 수 없도록 되어 있습니다. 아무리 내 것을 주었더라도 일단 주고 나면 내 것이 아니라 받은 사람 것이니 내 맘대로 다시 내놓으라고 할 수 없다는 것이지요. 선생님의 아버지가 아들에게 토지를 줄 때 연락을 끊지 말고 노후 봉양을 할 것을 조건으로 달지 않았으니, 지금 와서 봉양을 하지 않는다는 이유로 증여를 취소하는 건 불가능합니다.

그리고 아버님이 아들에게 주지 않고 딸에게만 재산을 준다는 유언장을 쓴다고 하더라도 동생은 본인이 받아야 할 몫의 1/2까지는 상속을 받을 수 있습니다. 바로 우리 법이 보장하고 있는 '유류분(遺留分)' 제도 때문입니다. 유류분은 일정한 상속인을 위해서 법률상 유보된 상속 재산의 일정 부분이라는 뜻인데, 상속인이 자기 유류분보다 상속을 적게 받으면 그 상속인은 다른 상속인이나 유증을 받은 사람에게 유류분반환청구를 해서 자기 유류분만큼은 확보할 수 있는 권리가 있습니다. 자식의 경우 유류분은 원래 상속받아야 할 지분의 1/2이에요.

동생이 받을 유류분 금액을 대강 계산해 보면 전체 상속 재산이 80억(현재 아버지 재산 70억+예전에 동생이 받은 토지 10억), 동생의 상속분이 40억(80억의 1/2)이니 유류분은 20억입니다. 동생이 이미 10억짜리 토지를 받았으니 유류분 20억에서 모자라는 10억에 대해서 반환청구가 가능합니다. 결국 아버님이 선생님께 전 재산을 물려준다는 유언장을 써도 동생이 10억 원은 받을 수 있습니다.

유류분에 대한 설명을 들으면 부모님들은 '내 재산인데 왜 내 맘대로 못 주냐'고 역정을 내시는 경우가 많습니다. 하지만 우리 법은 자식들이 상속을 받을 이익도 법적인 권리로 봐서 어느 정도는 보호해야 한다는 입장을 취하고 있기 때문에 내 재산이지만 내 맘대로 물려줄 수 없게 되어 있습니다.

설마 내 자식이 상속 못 받았다고 소송하겠나 하고 생각들 하시는데 이건 완전히 오산이에요. 요즘엔 상속 못 받은 자식이 그러려니 하고 가만히 있는 경우가 별로 없어요. 법이 보장하는 권리가 있는데 왜 포기하겠어요? 부모가 한 자식에게만 재산을 몰아주면 다른 자식들은 부모님 돌아가시기 전부터 법률상담 받고 돌아가시면 바로 소송하려고 자료를 미리 준비해 놓는 것이 요즘 세태입니다. 동생이 받을 유류분 금액이 10억이나 되니 반드시 소송한다고 보셔야 합니다.

그리고 유언장을 작성하실 때 자필유언은 권하고 싶지 않습니다. 어차피 효력이 같은데 왜 돈 들여서 공증유언을 해야 하느냐 생각하시겠지만, 상속하는 대상이 부동산일 경우에는 공증유언을 하는 게 좋습니다. 자필유언이 공증유언과 법적 효력이 같은 건 맞지만, 부동산에 대한 상속등기를 하는 절차가 많이 다르기 때문입니다. 자필유언장만으로는 부동산에 대한 상속등기를 할 수 없는데, 이 부분을 잘 모르는 분들이 많아서 자필유언 후 상속등기 과정에서 예상하지 못한 소송에 휘말리곤 한답니다.

자필유언장을 들고 상속등기를 하러 가면 등기소에서는 자필유언 말고도 다른 서류도 가져오라고 합니다. 자필유언장만으로는 상속받은 부동산에 대한 등기가 불가능하고, 다른 상속인들이 그 자필유언에 대해서 이의가 없다는 내용의 가정법원 검인조서나 자필유언이 유효하다는 법원 판결문을 가져와야 상속등기가 가능하기 때문입니다.

만약 상속인들 중 한 명이라도 자필유언 검인절차에서 자필이라는 걸 뻔히 알면서도 부모님 자필이 아니라고 하거나 유언 내용에 동의하지 않는다고 말하면 등기소에서 요구하는 '이의 없다'는 내용의 가정법원 검인조서는 못 받는데, 현실에서 이런 일이 드물지 않게 일어납니다. 부모님 자필이라는 걸 알면서도 다른 형제가 나보다 많이 받는 게 싫어서 일부러 훼방을 놓는 거지요. 이렇게 되면 자필유언 내용대로 상속등기를 하려는 상속인은 유언이 유효함을 확인하는 소송을 해서 그 판결문을 받아야만 합니다. 결과적으로 시간이 몇 년 더 걸리고 소송비용도 꽤 들어요. 공증유언을 하면 이런 번거로운 절차 없이 공증한 유언장만으로 상속등기를 할 수 있으니 돈이 좀 들더라도 공증유언을 하시는 게 백번 현명한 일입니다.

이런 점들을 다 감안하여 아버님께서 마음을 좀 누그러뜨리시고 동생에게 유류분 반환금액에 해당하는 10억을 주고 나머지 재산을 선생님에게 주는 내용으로 공증유언을 하시는 게 좋을 것 같습니다. 그렇지 않으면 분명히 아버님 사후 동생이 소송을 해서 유류분을 받아갈 테니까요. 어차피 줄 돈이라면 소송 없이 조용히 주는 게 낫지 않을까요? 아무리 괘씸한 자식이라도 자식은 자식이고 부모 자식간의 천륜을 끊을 수는 없더라고요. 아버님 잘 위로해 드리세요.

아내가 이혼하면
아들 성을 바꿔버린다는데…

☐ Yes
☒ No
☐ Hold

공동친권 # 단독친권 # 성변경제도

Q. 결혼한 지 7년 만에 이혼하려고 합니다. 결혼 전부터 문제가 많아서 몇 번이고 그만두려다가 어렵게 결혼한 건데 결국 이렇게 되고 말았네요.

결혼 전 아내가 저희 부모님께 인사드리러 왔을 때 저희 어머니가 아내에게 "우리 아들은 의사한테 장가갈 수도 있었는데도 너를 고른 거다"라고 말씀하신 것이 문제의 시작이었고, 신혼집과 혼수, 예단 때문에도 많이 힘들었습니다.

저희 부모님은 아내에게 뭐가 그리 불만이신지 아들인 제가 보기에도 독하고 야멸찬 말씀을 많이 하셔서 아내와 저는 늘 다투게 되었습니다. 일단 결혼을 하고 나면 낫겠지 했는데 결혼을 하고 아이를 낳아도 부모님의 태도는 별로 달라지지 않더라고요. 처음에는 젊은 당신이 이해해야 한다고 아내를 달랬는데 시간이 지나면서 저와 아내는 지쳐갔고 결국 이혼하기로 결정했습니다.

지금 네 살인 아들은 아내가 키우기로 했는데, 아내는 당신 집안이 지긋지긋하다면서 아들의 친권까지 가져가서 이혼만 하면 아들의 성을 바꿔버릴 거라고 하네요. 그 얘기를 전해들으신 저희 부모님은 난리가 났고요. 아들의 성을 바꾸면 안 되니까 저한테 재판을 해서라도 아들의 친권과 양육권을 가져오라고 하십니다. 하지만 현실적으로 저도 부모님도 네 살짜리 아이를 키울 상황은 못 됩니다.

아내가 아들의 친권을 가져가면 아이 성을 바꿔버릴 수 있는 건가요? 아이 성을 바꾸지 못하게 하려면 어떻게 해야 하나요?

A 이혼할 때 아이의 양육권은 아내에게 주더라도 친권은 꼭 공동으로 해야 한다고 고집하는 남편들이 있습니다. 공동친권자가 꼭 되어야 하는 이유가 뭐냐고 물어보면 십중팔구는 아내가 아이의 단독친권자가 되면 아이의 성을 맘대로 바꿔버릴지도 모른다는 걱정 때문입니다. 또 아내가 아이의 친권을 가져

가면 그 집안의 자손이 되어버리는 거 아니냐, 우리 집안의 자손이니 내가 친권을 가져야겠다고 말하기도 합니다. 이런 염려는 친권과 성 변경에 대해서 잘못 알고 있기 때문에 발생하는 기우일 뿐입니다.

일단 친권(親權)에 대해서 알아보겠습니다. 친권에 대한 법률적인 정의는 부모가 자녀를 보호·양육하고 그 재산을 관리하는 것을 내용으로 하는 권리, 의무의 총칭입니다. 구체적으로는 자녀의 보호, 교양과 이를 위해서 필요한 징계를 할 수 있고, 자녀의 거소를 지정할 수 있으며, 자녀의 특유재산을 관리할 수 있도록 되어 있습니다. 친권은 용어 자체가 '권리'로 되어 있지만, 그 내용을 구체적으로 뜯어보면 실상은 '권리'라고 할 만한 부분은 자녀의 특유재산 관리권 정도가 아닐까 싶습니다. 미성년자는 법률행위를 할 수 없기 때문에 그 부모가 미성년자의 법률행위 대리인이 되도록 만들어놓은 것입니다.

재산관리권을 제외한 친권의 나머지 부분은 부모가 자녀를 키우면서 부모노릇을 하기 위해 당연히 하는 것들입니다. 부모가 결혼생활을 유지하고 있으면 늘 같이 얘기해서 부모노릇을 할 수 있지만, 이혼하면 더이상 아이를 같이 키우는 게 아니니까 편의상 친권

행사자를 지정하게 됩니다.

　흔히 하는 오해 중 하나가 친권자로 지정이 안 되면 아이와 혈연관계가 끊긴다고 생각하거나, 아이가 친권자로 지정된 집안의 호적에 올라간다고 생각하는 것인데, 이건 정말 아무 근거가 없는 생각입니다. 일단 누가 누구 집안에 속한다거나 누구의 호적에 올라간다는 생각은 호주제가 유지되던 시대에 만들어진 관념입니다. 호주제는 이미 2005년에 폐지되었기 때문에 더이상 아이가 부모 중 한쪽의 집안에 속하고 그 호적에 올라가는 상황이 존재하지 않습니다. 그리고 친권자가 아니더라도 아이의 부모라는 혈연관계는 변하지 않습니다.

　이혼 후 친권이 구체적으로 문제되는 상황은 대개 아이의 여권, 통장을 만들 경우, 아이의 전학을 결정할 경우, 아이한테 소송이 걸렸을 경우 등입니다. 이런 경우에는 친권자가 여권, 통장을 신청하고 전학 동의를 하고, 아이의 대리인으로서 소송을 수행하게 됩니다. 단독친권자는 단독으로 하면 되고, 부모가 공동친권자라면 공동으로 해야 합니다. 아이 통장 하나 만들자고 이혼한 부부가 같이 가야 하니 이혼한 부부로서는 불편한 상황이 될 수도 있습니다. 그래서 아이의 양육권자가 친권까지 같이 갖는 것이 합리적인 선택이라고 저는 생각합니다.

그리고 친권자라고 해도 아이의 성을 마음대로 변경할 수 있는 것은 아닙니다. 아이의 단독친권자인 엄마가 법원에 아이의 성변경 심판청구를 할 수는 있지만, 성 변경 절차에서 법원은 아이의 성 변경에 대한 친부의 의견을 듣도록 되어 있습니다. 법률적으로는 친부의 동의가 필수요건은 아니지만, 실질적으로는 친부의 동의가 없으면 성 변경이 쉽지 않습니다. 특히 양육비를 계속 주고 아이를 잘 만나는 친부가 아이의 성 변경에 반대한다면 법원으로서도 아이의 성 변경을 허가해 주기가 어렵습니다.

성변경제도 시행 초기에는 친부의 동의가 없어도 '자녀의 복리'를 근거로 해서 성 변경을 해주곤 했는데, 제도가 시행된 후 상당한 시일이 흘러 쉬운 성 변경으로 인한 문제점이 부각되기 시작해서 친부의 동의가 없는 경우에는 법원의 성 변경 허가를 받기가 점점 어려워지고 있습니다. 그러니 성 변경을 막고 싶다면 굳이 공동친권자가 되는 것보다는 아이 양육비를 잘 주고 아이를 자주 만나서 아이와 친밀한 관계를 유지하는 편이 나을 수 있습니다.

요즘 마음이 어떠세요?

⚖️

"아, 어떻게 그러고 살고 계셨어요?", "어떻게 그러고 살고 계십니까?"

저에게 찾아오시는 분들 중 이런 말이 절로 나오는 경우가 많아요.

여성의 경우에는 수십 년간 남편의 폭언, 폭행에 노출되어 있는 분, 이 분은 엘리베이터 소리만 들려도 식은땀이 흐른다고 합니다.

남성의 경우에는 언제부턴가 집에서 투명인간 같은 존재가 되어버린 분, 이 분은 집에 돌아와도 자기 몫의 식사는 없어서 매번 저녁을 먹고 집에 들어간다고 해요. 주말에는 집이 불편해서 회사에 나와 있다고 하시더라고요.

이런 분들의 공통점이 뭔지 아시나요? 자신이 그렇게까지 불행한지를 잘 알지 못한다는 거예요.

한 발 떨어져보면, 너무나도 불행한 게 분명한데요! 너무 오랜 세월을 그렇게 살다 보니 '내가 많이 불행한 편인가?' 긴가민가하다는 거죠.

여성은 '대부분의 남편이 이렇지 뭐…'라고 생각하며 자신이 남편에게 화풀이 대상이라는 점을 애써 외면하고요, 남성은 '원래 시간 지나면 부부 사이는 서먹해지지' 하면서 자신이 집에서 돈 벌어오는 도구 이상의 존재가 아니라는 점을 모르고 있어요. 그리고 이분들은 '이혼한다고 더 나아질 것도 없어'라며 상황을 변화시킬 생각을 하지 못해요. 저는 이런 분들을 보면 어릴 때부터 밧줄에 묶여 있었던 코끼리 같다는 생각을 하곤 해요.

이런 상황이 계속되면, 여성분은 점점 괴팍해지는 남편 성미 맞춰주다가 큰 병 걸릴 일만 남았고요, 남성분은 회사 퇴직하면 아내한테 이혼청구 당할 일만 남았습니다.

현실이 힘들어서 외면하고 싶어도 찬찬히 마음을 들여다보면, 내가 많이 불행하다는 사실, 앞으로는 지금보다 훨씬 나아질 수 있다는 사실을 알 수 있어요. 여러분! 행복해지자고요.

부모를 패는 후레자식,
상속 못 받게 할 순 없나요?

☐ Yes
☑ No
☐ Hold

#상속결격 요인 #민법1004조

Q 망나니 남동생 때문에 질문을 드립니다. 제 남동생은 저희 아버지가 마흔이 넘어서 본 늦둥이입니다. 아들을 바라셨던 아버지는 늦게 얻은 아들만을 편애하고 동생이 아주 어릴 때부터 원하는 건 뭐든지 해주셨습니다. 하지만 아버지가 너무 '오냐 오냐' 키운 탓인지 동생은 고등학교 시절부터 온갖 말썽을 부리더니 대학을 제대로 못 갔고, 유학까지 다녀왔는데도 아직 제대로 사람구실을 하지 못하고 있습니다.

몇 번 취직을 했지만 번번이 몇 달 못 가서 그만두었고, 결혼 3년 만에 아내 폭행으로 이혼당했습니다. 30대 후반이 되었는데도 아직도 아버지에게 돈을 받아 빈둥거리며 술에 의존해 살아갑니다. 부모님은 이런 동생 때문에 가슴을 찧으면서 사신 지 오래되셨구요.

다 큰 성인이 자기 인생을 스스로 망친다는 데야 누나인 저도 관여할 수가 없어서 그동안은 지켜만 봤습니다. 하지만 문제는 동생이 얼마 전부터 부모님을 상대로 행패를 부리기 시작했다는 겁니다. 저희 아버지는 사업에 성공해서 몇 백억 대의 재산을 일구셨는데, 동생이 그 재산을 욕심내고 있습니다. 며칠 전에는 만취한 상태로 부모님 댁에 가서 '재산을 미리 주지 않는다'고 난동을 부리다가 말리는 어머니를 때리고 아버지에게는 '×× 새끼'라고 욕까지 했다네요. 어머니가 울면서 전화를 하셔서 알게 된 사실입니다.

아버지는 대노하셔서 동생한테는 절대 재산을 물려주지 않겠다고 하십니다. 팔순 가까운 부모를 패는 이런 후레자식한테 재산 상속을 못 받게 할 수 있을까요?

A 어머니를 때리고 아버지에게 욕하는 자식이 부모재산을 물려받아서는 안 된다고 생각하는 것이 인지상정이지요. 하지만 가끔은 인지상정과 법이 다를 때가 있는데, 이번 질문 같은 경우도 그렇습니다. 우리 민법이 이런 문제에서 상식과는 태도가 다르거든요.

상속인의 상속자격을 박탈하는 것을 '상속결격'이라고 하는데,

남동생이 아버지의 재산을 상속받지 못하게 하려면 상속결격 요건에 해당해야 합니다. 우리 민법에 따르면 상속결격 사유는 '① 고의로 직계존속, 피상속인, 그 배우자 또는 상속의 선순위나 동순위에 있는 자를 살해하거나 살해하려고 한 자 ② 고의로 직계존속, 피상속인과 그 배우자에게 상해를 가하여 사망에 이르게 한 자'로 규정되어 있습니다(민법 제1004조).

요컨대 상속결격이 되려면 살인, 살인미수, 상해치사 정도로 아주 중한 범죄가 있어야만 하고 폭행, 폭언만으로는 상속결격이 되지 않습니다. 그러니 선생님의 남동생은 어머니를 때리고 아버지에게 욕을 했더라도 아버님의 재산 상속 자격을 박탈당하지는 않습니다.

만약 아버지가 아들에게 재산을 주지 않으려고 재산을 선생님에게만 다 물려주거나 사회단체에 기부해서 아들의 몫을 없앤다 하더라도 선생님의 남동생에게는 유류분반환청구권이 있기 때문에 본래 받아야 할 상속분의 1/2까지는 유류분 청구를 해서 받을 수 있습니다. 결국 남동생이 스스로 아버지의 재산 상속을 포기하지 않는 한, 남동생의 상속인으로서의 권리를 완전히 박탈할 수 있는 법적인 방법은 없습니다.

부모를 때리고 욕하는 후레자식에게도 상속권을 보장하는 법규정이 과연 올바른 것인지는 저도 의문이 듭니다. 하지만 우리 민법이 이렇게 정하고 있는 이유는 자식들이 상속을 받을 권리도 법적으로 보호를 받아야 한다고 보기 때문입니다. 상속결격 사유를 엄격하게 정해놓지 않으면 재산을 물려주는 사람의 기분에 따라서 상속 여부가 좌우될 수도 있기 때문에 중범죄 수준이 되어야 상속결격이 된다고 아예 못박아놓은 것이지요.

　아마 선생님과 선생님의 부모님 모두 이런 결론을 받아들이시기 힘드실 거예요. 어쩌겠습니까. 피는 물보다 진하고 핏줄을 나눈 인연의 무게가 그만큼 무겁다, 이렇게 생각하시면 마음이 좀 편해지실까요?

감정은 짧고
생활은 길다

이혼에도 온도가 있다. 온도에 따라서 뜨거운 이혼과 차가운 이혼, 크게 두 가지로 나뉜다. 이렇게 나누는 이유는 어떤 쪽이냐에 따라서 유의할 점이 다르기 때문이다.

뜨거운 이혼은 이혼 원인이 발생한 지 얼마 안 된 시점에서 이혼하는 경우다. 멀쩡하게 잘 살고 있었는데 순식간에 부부관계가 풍비박산 나는 사건이 터진다. 마른하늘에 날벼락을 맞은 경우이다.

제일 흔한 사례는 갑자기 배우자의 외도를 알게 된 경우. 잉꼬부부라고 믿고 살아왔는데 한순간 결혼생활이 깨져버리니 충격이 이만저만 아니다. 꼭 외도가 아니더라도 갑자기 부부 사이가 산산조각 나는 경우도 있다. 예를 들면 배우자에게 거액의 빚이 있음을 알게 된 경우, 해외에서 유명 대학을 나왔다고 한 아내의 학력이 가짜임을 알았을 경우, 심지어 시부모가 집에 들이닥쳐 나가라고 해서 내쫓긴 경우도 있다.

갑자기 날벼락을 맞았으니 얼이 빠져 상황파악이 안 되고, 여러 가지 감정이 뒤엉켜 아주 혼란스럽다. 상대방에 대한 분노와 배신감과 복수심에 들끓다가, 졸지에 이혼녀가 될 자신이 불쌍해서 눈물짓다가, 미래에 대한 불안에 잠을 못 이룬다. 이러한 혼란한 상황 가운데에서도 상대방에 대한 애정과 미련이 아직 남아 있다. 상황이 벌어진 지 얼마 안 되었기 때문이다. 이분들의 가장 우선적인 고민은 이혼을 할 것인가 말 것인가인데, 결정을 내리기가 아주 어렵다. 하루에도 몇 번씩 생각이 널을 뛴다. 가슴이 답답한 나머지 주위 사람들, 심지어 변호사에게 상담하러 가서 물어본다. '나 이혼해야 돼? 말아야 돼?'

이런 분들에게 드리고 싶은 조언이 몇 가지 있다. 첫째, 지금 겪고 있는 감정적 혼란상태는 영원히 가지 않고, 조만간 끝난다는 것이다. 지금이야 분노, 배신감, 복수심, 슬픔 등등 복잡한 감정 때문에 죽을 만큼 힘들겠지만 감정은 일단 폭발해서 분출되고 흘러가면 어느 정도는 정리되고 가라앉는다. 이혼 변호사로 활동한 내 경험에 비추어보면 대개 3개월 정도가 고비다. 남편의 바람 때문에 펄펄 뛰면서 평생 복수할 거라던 의뢰인들도 3~4개월 지나면 재산분할에 더 관심을 가진다.

둘째, 이혼 결정을 빨리 해야 한다는 강박을 갖지 말자. 급하게 이혼을 결정해야 하는 특별한 사유가 없다면 문제가 생긴 상태에서 좀 지내보고 나서 결정해도 늦지 않다. 빨리 이혼을 결정해서 자신을 괴롭히는 문제에서 도망가고 싶은 마음은 십분 이해한다. 하지만 그 문제가 왜 생긴 건지, 되풀이될 것인지, 개선 가능성은 없는지 등을 심사숙고한 뒤 결정을 내리는 과정이 필요하다. 인생은 우리가 숙제를 다 할 때까지 계속 같은 숙제를 내는 경향이 있기 때문이다.

매순간 분노로 들끓고 아침저녁 생각이 바뀐다면 아직은 중요한 결정을 내릴 때가 아니다. 감정이 가라앉을 때까지 기다려야 한다. 일정한 시간이 흐르면 생각이 한쪽으로 방향을 잡아가게 마련이다. 다른 사람들한테 묻지 않아도 스스로 이혼할지 말지를 알게 된다.

셋째, 뜨거운 이혼의 가장 큰 부작용(?)은 감정이 격앙된 상태에서 성급하게 이혼하느라 돈을 제대로 못 챙긴다는 것이다. 이혼의 충격으로 심신이 망가진 상태이니 돈 계산까지 할 기운이 없다. 이혼하는 마당에 돈은 따진들 무슨 소용이 있냐는 허무주의적(?)인 생각도 한몫한다. 이런 분들에게는 나는 꼭 엄중경고를 한다. 나중에 반드시 후회하니 생각 바꾸시라고. 필요 이상으로 재산을 양보하는 사람들이 나중에 후회하는 경우를 많이 보았기 때문이다. '감정은 짧고 생활은 길다'는 사실을 꼭 기억해야 한다. 어떤 경우라도 돈은 제대로 따져서 받아야 나중에 후회가 없다.

한편 차가운 이혼은 부부의 불화가 처음 발생한 시점부터 오랜 세월이 지나서 이혼하는 경우이다. 결혼 초기부터 잘 안 맞았던 부부가 계속 삐걱대면서 간신히 형태만 유지해 오다가 그나마도 유지할 수 없게 하는 계기가 생긴다. 마지막 인내심을 무너뜨리는 그 사건으로 마침내 오래 미뤄뒀던 이혼을 실행하는 것이다. 아이들 대학 가면 이혼한다는 식으로 시한을 정해두고 있다가 드디어 그 시점이 다가온 경우도 있다. 대체로 황혼이혼이다.

배우자에 대한 불만, 분노가 없을 수는 없지만 감정적인 동요가 상대적으로 적다. 긴 시간을 똑같은 생각과 감정을 곱씹었던 만큼 진이 다 빠져서 새삼 분노할 기운도 없는 것이다. 이혼을 할까 말까 하는 망설임도 별로 없다. 사실 마음속으로야 진작부터 결론이 나 있었던 것이고, 언제 어떻게 실행에 옮길까만 문제였으니까. 화산으로 치면 휴화산이나 사화산쯤 되겠다.

이런 분들의 관심은 돈에 집중되어 있다. 결혼 후 장시간 생활인
으로 살았으니 이혼 후의 생활기반이 될 재산분할이 주요관심이고,
잘잘못을 따지는 일은 부차적이다.

뜨거운 이혼처럼 끓어오르는 감정의 분출이 없으니 겉으로만 보
면 차가운 이혼이 상대적으로 상처가 적은 것처럼 보인다. 하지만
사실은 반대다. 오랜 시간 불행한 결혼생활에 묶여 있었던 까닭에
심신이 많이 힘듦에도 불구하고 당사자들은 그 심각성을 잘 모르
는 경우가 많다. 내가 보기에는 우울증이 이미 만성화되어 전문가
의 상담이나 치료가 필요해 보이는데, 정작 본인은 '괜찮아요. 뭐,
남들도 다 그렇게 사는데요. 사는 게 다 그렇죠'라고 대수롭지 않게
넘겨버린다.

이런 분들에게 꼭 말해주고 싶다. "당신은 절대로 괜찮지 않다!"
불행한 가정생활은 가시방석에 앉아서 사는 것과 다를 바 없다. 수
십 년을 가시방석에 앉아 버텼으니 몸과 마음이 엉망이 되는 게 당
연하다. 이미 병이 났거나 병 나기 직전일 가능성이 높다. 이혼 후
에 먹고살 걱정을 하는 것도 중요하지만, 그보다 더 중요한 것이 있

다. 자신의 몸과 마음에 남아 있는 불행한 결혼생활의 흔적을 치유하고 마음을 해방시키는 과정이다. 온몸으로 불행을 버티고 살아온 자신의 몸과 마음이 호소하는 것에 귀 기울이는 노력을 꼭 해야 한다. 그래야 이혼 후의 삶을 행복하고 건강하게 이끌어갈 수 있다.

뜨거운 이혼이든, 차가운 이혼이든 어느 쪽이든지 공통적으로 당부하고 싶은 것은 이혼을 인생의 실패라고 보지 않도록 노력해야 한다는 점이다. 굳이 '노력'해야 한다고 쓴 이유는 아직도 이런 시각이 우리 사회에 만연해 있기 때문이다. 정신 바짝 차리고 주의하지 않으면 자신도 모르게 영향을 받아 패배의식에 빠지고 만다. 세상에는 편견에 휩싸인 사람들이 알지도 못하는 남을 재단하고 우월의식을 느끼려는 자들이 아주 많고, 이혼은 곧 인생의 실패자라는 낙인을 찍어버린다. 이혼과정을 거쳐본 사람들은 안다. 이혼이 누구의 잘잘못이나 실패 또는 성공과 별로 관계없다는 것을 말이다. 이혼은 교통사고나 벼락을 맞는 것처럼 자신이 통제할 수 없는 영역에서 일어난 사고를 수습하는 과정일 뿐이다. 살아보지 않고는 좋은지 나쁜지 알 수가 없는 게 인생이다. 앞으로 더 멋진 삶이 당신을 기다리고 있을 것이라고 스스로를 굳게 믿어야 한다. 앞으로 다가올 일을 누가 안다고 자신할 수 있는가? 제발 스스로에게 좀 관대하길! 사고를 잘 수습하고 그 다음 인생을 씩씩하게 살아가면 된다.

이혼 시뮬레이션

초판 1쇄 인쇄 2020년 7월 10일
초판 1쇄 발행 2020년 7월 19일

지은이 조혜정

교정 정경임
펴낸이 김명숙
펴낸곳 나무발전소

주소 03900 서울시 마포구 독막로 8길 31 서정빌딩 701호
이메일 tpowerstation@hanmail.net
전화 02)333-1967
팩스 02)6499-1967

ISBN 979-11-86536-69-8 03810

※ 책값은 뒷표지에 있습니다.